KB191131

나는
어른이 되어서도
가끔 울었다

투 에 고

나는
어른이
되어서도
가끔 울었다

투에고 에세이

_____에게

잠 못 이루는 밤
이 책이 당신의 마음을
조용히 다독여주길

내가 태어나는 순간부터
'나'라는 주사위는 던져졌다.

시간을 되돌릴 수도
바닥에 떨어진 주사위를
다시 잡을 수도 없다.

부질없는 고민을 쉼 없이 이어간들
돌이킬 수 없는 지난날에 붙잡혀 살아본들
달라지지는 않으니까.

"나는 그저 순간을 살아갈 뿐이야."

목차

1장 다만 나를 위로할 것

2장 나만 아는 슬픔

3장 그저 곁에 있어줄 뿐

4장 눈물을 참는 법

다만 나를 위로할 것

나를 잃어서는 안 돼

◆

한때 혼자 있는 것을 극도로 싫어했다. 다시 홀로 남겨질지도 모른다는 두려움이 남아 있었던 것인지, 아니면 수시로 떠오르는 나의 우울함을 의지할 곳이 필요했던 것인지. 짐작컨대 크고 작은 상처들이 만들어 낸 일종의 후유증이었을 테다.

최대한 많은 이들과 어울리고자 한없이 나를 낮췄고 타인이 쉽게 들어올 수 있도록 관계의 문을 활짝 열어두었다. 온종일 사람들과 어울리며, 가까워지기 위해 노력하는 데 많은 시간을 할애했다. 숨 쉴 틈도 없이 만남을 이어갔다. 잠들기 전까지도 손에서 핸드폰을 쉬이 놓을 수 없을 정도로 모든 만남 하나하나에 큰 의미를 부여하며 애썼다.

하지만 점점 지쳐갔다. 나의 마음이 어떤지 고려하지 않고, 무작정 상대에게 맞추려고만 한 탓이었다. 어떻게 보면 자신은 감추고 타인의 웃는 표정에만 연연하는 것은 슬프기 그지없다. 그것은 스스로 광대를 자처하는 것이나 마찬가지니까. 상대는 그런 나를 쉬운 사람으로 여겨 딱 그만큼만 대해주었다.

비로소 방법이 잘못되었음을 알아차렸다. '나'를 깎아내어 만든 관계는 나의 살을 계속해서 내어주어야만 유지할 수 있는 것임을, 관계에 '내'가 없으면 이 관계도 의미가 없는 것임을 말이다. 그것은 분명 언젠가 한계에 부딪히기 마련이다.

차라리 자신을 잃지 않는 선에서
적당히 둥그스름하게 사는 편이
나을지도 모른다.

그럼에도 다행인 것은
부족했던 나의 모습에도 개의치 않고
있는 모습 그대로를 받아준 이들이 있었다.
그런 인연은 지금까지도 이어지고 있다.

애쓰지 않는 일

🜄

괜찮은 척

행복한 척

구태여 웃음 지을 필요 없어

너도 힘들잖아

그냥 우울하고 말래

살아 있다는 것

🌢

내일이 오지 않았으면 좋겠다고 생각했어.
이 소리를 하면 주변에서는 의지가 박약하다며
쯧쯧 혀를 찰지도 몰라.
한데 처음부터 이렇게 나약했던 것은 아니야.

참고 참다가
버티고 버티다가

힘듦의 무게를
지탱하던 힘을 상실한 거야.

그럼에도 마음을 추스르고

다시 일어나야 해.

다른 누군가에게는

이런 내일도 간절하다는 것을 아니까.

뫼비우스의 띠

♦

    부슬부슬 이슬비가 내리던 날 카페에서 친구를 기다렸다. 아래가 훤히 내려다보이는 창가 자리다 보니, 자연스레 우산을 쓰고 걸어가는 사람들에게 눈길이 갔다. 무료함을 달래보려 몇 명이나 이곳을 지나가는지 세어보았다.

    번화가라 그런지 짧은 시간 동안에도 금세 천 명을 넘겼다. 가만히 돌이켜보면 이곳은 비가 오든, 눈이 내리든, 이슥한 밤을 제외하고는 언제나 사람들로 넘쳐난다. 여태껏 얼마나 많은 이들이 스쳐 지나갔을지는 헤아릴 수도 없을뿐더러, 우리는 서로를 기억조차 하지 못할 테다. 넓고도 넓은 세상은 실로 망막하게만 느껴진다. 하지만 지구촌에 사는 모두와 연결되는 데는 여섯 명만 거치면 된다고 한다.

우리는 이렇게 그리 먼 사이는 아닐지 모른다.

  가늘었던 빗발이 조금은 굵어져 창에 부딪히며 소리를 냈다. 바로 옆 유리에는 송골송골 맺힌 빗방울이 모여 주르륵 흘러내리고 있었다. 한참을 우두커니 바라보다가, 공연스레 물방울의 종착지가 어딘지 궁금했다. 하수도를 지나, 하천으로 흘러, 바다로 갈 테다. 그리고 또다시 뜨거운 열을 받아 피어오른 수증기는 비구름이 되고 결국 빗방울로 돌아와 끝없이 돌고 돈다. 마치 뫼비우스의 띠처럼 말이다.

  우리의 하루는 수십억 개의 빗방울이다. 조용한 집에서부터 파도치는 인파의 물결 속으로 들어갔다가, 땅거미가 지는 어둠이 몰려오면 늘 지나던 거리를 통해 다시 집으로 돌아온다.

그렇게 매일 걷는다.

어제도 걸었다.

오늘도 걷는다.

내일도 걸을 테다.

너무 애쓰지 않아도 돼

힘이 나질 않는데
자꾸만 사람들은 녹음기처럼 같은 말을 한다.

"힘내, 힘내, 힘내."라며.

도대체 왜 힘을 내야 하는 거지.

지난 시간 동안 힘을 내어
살아온 결과가 고작 이런데
어떻게 또 힘을 내야 하는 건지 모르겠다.

기운이 없다면
힘내지 않아도 좋아.

그만하고 싶다면
포기해도 좋아.

어디까지 중요한 건
내 마음이잖아.

떼려야 뗄 수 없는 불안

🌢

어릴 적에 주목 공포증이 심했다. 당시 그리 내성적인 성격도 아니었는데, 이상하게 모두가 나를 주시할 때 극심한 고통에 시달렸다. 가령 내 번호가 7번이면 7일에는 선생님이 나를 지목할까 봐 늘 조마조마했다. 사람들 앞에서 일어서는 일은 될수록 피하고 싶었다. 콩닥콩닥 세차게 뛰는 심장과 부들부들 떨리는 목소리를 제어할 방도가 없어서다.

그러던 어느 날 발표 도중에 잡고 있던 책을 떨어뜨리고 말았다. 그 모습이 우스꽝스러웠는지 아이들이 큰 소리로 깔깔 웃어댔다. 이윽고 극심한 공황 상태에 휩싸여 몸이 굳어버렸다. 오랜 세월이 지난 일인데도 아직도 기억이 나는 순간이다. 그 일이 있고 나서부터는 발표가 더더욱 두려워졌다.

그래도 다행히 언젠가부터 요령이 생겼다. 내면에서 일렁이는 불안한 감정들을 다스리거나 억누르기보다는 밖으로 표출하지 않고 숨기는 법이 늘었다고나 할까. 여전히 초조한 마음과 달리 손이나 목소리가 떨리는 빈도는 극명히 줄어들었다. 장교로 복무할 때도 그랬다. 수십 명을 세워두고 매일 하다시피 했던 일과 정렬은 매번 긴장의 시간이었다. 하지만 굳이 피하고 싶지는 않았다. 내가 모자라는 부분은 그만큼 더 노력해야 할 부분임을 알았기에, 단상에 서기 전에 보이지 않는 곳에서 어떤 말을 해야 할지 미리 연습했다. 사람들은 나의 속사정을 거의 눈치 채지 못했다. 어찌 보면 사명감이 불안감보다 더 컸던 것이다.

불안이라는 감정은 비단 나만의 감정이 아닐 테다. 최근에 C도 나에게 조심스레 털어놓았다. 어렸을 때 급식을 남겼다는 이유로 심하게 꾸중을 들은 뒤부터, 매일 남기지

않고 다 먹어야 한다는 강박에 자신도 힘들었던 적이 있었
다는 것이다. 완전히 이해할 수는 없었지만 그에게는 꽤
큰 고민거리였을 테다.

제각기 서로 공감할 수 없는 불안을 늘 품고 산다.
언제 어디서든 예기치 않게 맞닥뜨려야 할 수도 있다.
하지만 꼭 이겨내야 하는지는 모르겠다.
나와는 달리 분명 마주할 수 없는 이도 있을 테니까.

좋아하는 일을 한다는 것

◆

　한 번 푹 빠지면 쉽게 헤어나오지 못한다. 드라마는 꼭 마지막 편까지 봐야 하고, 게임을 시작하면 잘할 수 있을 때까지 한다. 한마디로 시작한 일은 끝장을 봐야 하는 성격이다. 그래서인지 뭐든 첫 단추를 끼우는 일이 가장 조심스럽다. 애매한 타이밍에 흐지부지해질 바에야 처음부터 시작하지 않는 편이 낫다고 생각하기 때문이다.

　그런 나를 잘 아는 주변 지인들은 여러 경험을 두루 해보는 것도 중요하다는 조언을 하지만, 막상 그것도 말처럼 쉽지 않다. 지금은 내가 좋아하고 몰두하고 있는 것만으로도 벅차다. 특히 가장 좋아하는 시간은 고요한 방 안에서 혼자 글을 쓰는 시간이다. 그 시간을 방해받고 싶지 않아

핸드폰마저 잘 확인하지 않는다. 사실 어떤 사람들은 이러한 행동이 지나치게 예민하다고 말하기도 한다.

깊은 우울감에 젖어 무력함을 느꼈던 시절, 음식을 먹어도 맛을 느낄 수가 없고 사람을 만나도 빨리 집에 돌아가고 싶은 생각만 들었다. 무엇을 해도 무기력해 출구 없는 깜깜한 방 안에서 맴도는 기분이었다. 급기야 시시때때로 찾아오는 우울과 무력감을 감당하기 어려운 지경에 이르렀다. 잠시라도 좋으니 슬픔을 잊을 수 있도록 집중할 무언가가 절실했다.

드라마와 영화를 거의 매일 보다시피 했다. 보는 동안은 아무 생각도 들지 않았지만, 이야기가 끝나면 돌아오는 무력감은 배가 되었다. 문득 글이라는 틀 안에 나의 이야기를 담아보는 것은 어떨까 하는 생각이 들었다. 놀랍게도 끝이 보이지 않을 정도로 몰두했다. 몰입한 나머지 한동안 나를 사로잡고 있던 잡념이나 우울 같은 부정적인 감정이 떠오를 틈도 없었다. 내가 좋아하는 일은 무엇인가에 대해서 생각하기 시작한 것은 그때부터였다.

　아무리 노력해도

　나를 집어삼킨 슬픔이 달아나지 않는다면,

　그것을 잊을 만큼 몰두할 수 있는

　무언가가 필요하다.

오늘이라는 선물이 있어서

🖤

빚지지 않는 삶이란 없다. 우리가 누리고 있는 모든 것들이 앞서간 사람들이 조금 더 나은 세상을 바라며 헌신으로 일궈낸 결과이기에. 무심하게 보낸 오늘도 어떻게 보면 누군가의 피와 땀으로 이루어진 셈이다. 나는 그들의 헌신을 떠올리고자 역사적 배경을 바탕으로 한 영화를 종종 본다. 특히 감명 깊게 봤던 작품은 로베르토 베니니가 감독, 주연을 한 〈인생은 아름다워〉다.

주인공 귀도는 유대인이라는 이유로 아들 조슈아와 함께 수용소에 끌려간다. 그곳은 매일 쥐도 새도 모르게 수많은 사람이 죽어나가는 곳이었다. 너무도 잔인무도한 만행이 기껏해야 백 년도 지나지 않은 역사라는 것에 놀라웠고

섬뜩했다. 하지만 귀도는 그런 상황에서도 어린 아들을 위해 시종일관 웃음을 잃지 않는다. 도리어 수용소 생활을 일종의 놀이라고 말하며 아들을 안심시켜주었다. 긴 시간의 터널을 지나 제2차 세계대전은 막바지에 이르렀다. 물밀듯 밀려오는 연합군에 의해 독일군의 패색은 짙어졌다. 그 무렵 수용소에서는 자신들의 악행을 감추려는 움직임이 시작되었다. 낌새를 눈치 챈 귀도는 아들을 살리기 위해 마지막 게임을 제안한다. 무슨 일이 벌어져도 주변이 조용해질 때까지 캐비닛에 숨어 절대 나오지 않을 것! 재차 신신당부를 하고 나서 마지막 인사를 건넨 귀도는 독일군에게 끌려가 총살당한다. 다음날 연합군의 탱크가 그곳에 나타났고 조슈아는 드디어 전쟁놀이에서 승리했다며 기뻐서 펄쩍펄쩍 날뛰었다. 아, 어찌나 슬프던지 눈물이 찔끔 나왔다.

어쩌면 그 아이가 지금의 우리일 수도 있다는 생각이 들었다. 지금은 상상하기 힘든 환경 속에서 이름조차 모르는 이들이 수없이 죽어나갔다. 그럼에도 더 나은 세상을 만들기 위한 노력을 포기하지 않았다.

내가 보낸 오늘이라는 하루는
그들의 숭고한 희생으로 만들어진 소산이다.

시간이 부족하다는 말

♦

리모컨이 사라지는 바람에 한 시간 남짓 집안 곳곳을 뒤지고 돌아다녔다. 발이 달린 것도 아닐 텐데 아무리 찾아봐도 보이지 않았다. 더 이상 안 되겠다 싶어서 단념하려는 찰나 불현듯 전날 리모컨을 두었던 위치가 떠올랐다.

아니나 다를까. 리모컨은 그곳에 있었다. 스스로가 너무 한심하여 머리라도 한 대 쥐어박고 싶은 심정이었다. 한두 번이 아니었다. 짝이 맞지 않는 양말, 방금 전만 해도 분명 옆에 있었던 핸드폰, 외출만 하려 하면 어디 두었는지 보이지 않는 자동차 열쇠, 말하자면 일일이 헤아릴 수 없을 정도다. 그러다가 조금은 바뀌어야겠다고 생각하게 됐다. 그건 한 호프집 입구에 붙어 있던 로마 철학자 세네카의 주옥같은 명언을 봤을 때부터였다.

'다들 시간이 부족하다고 불평을 늘어놓지만, 마치 영원히 살 것처럼 행동한다.'

수천 년 전의 사람에게 온전히 내 삶을 들킨 것만 같아 부끄러웠다. 순간순간을 살아가며 진정으로 보람을 느끼는 순간은 얼마나 될까. 얼른 이 시간이 지나길 바라며 세월에 몸을 맡긴 채 살아왔던 것은 아닐까. 더구나 그때는 억지로 따라간 술자리에서 한참 지루함과 싸우던 중이었다.

그제야 무의미하게 시간을 낭비해서는 안 된다는 생각이 들었다. 영원하지 않을 나의 시간을 아끼기 위해 삶의 군더더기를 덜어내고, 빈 공간을 정말 필요한 것들로 가득 채우고 싶었다. 먼저 작은 것부터 고쳐나갔다. 똑같은 양말을 스무 켤레 사버리니 짝을 찾을 필요가 없어졌고, 귀가하자마자 자동차 열쇠는 무조건 같은 장소에만 두었다.

불필요한 모임에 가는 횟수도 줄였다. 그러니 거짓말처럼 하고 싶은 일을 할 시간이 생겨났다. 그런 다음에야 이런 생각이 드는 것이었다.

시간에 끌려 다녀서도
쉬이 흘려보내서도 안 된다.
내 시간의 주인은
그 누구도 아닌 바로 나니까.

마법의 주문

♦

천장에 손이 닿지 않는다. 쭉쭉 뻗어도, 온몸을 흔들어가
며 도약해봐도 헛수고다. 비로소 더 이상 어찌할 바가 없
다는 사실을 인정하게 된다. 사람의 힘으로는 한계에 부닥
치는 일이 있기 마련이니, 한없이 나약하게만 느껴지는 자
신을 마주해야 하는 날이 있다. 만일 그것이 '시련'이라면
기도하는 일 외에는 달리 방법이 없다.

오늘도 지그시 눈을 감은 채로
적막한 자신을 달래본다.

괜찮아,

괜찮아,

괜찮아.

이 밤이 지나고 나면

괜찮아질 거라고.

어떤 일을 하건

♦

"그동안 부끄러워서 말 못 했는데, 나 요즘 아파트 관리 사무소에서 일해."

"에이, 그게 뭐 어때서."

J는 사정이 여의치 않아 직업으로서 사진작가의 꿈을 접고 다른 일을 하게 되었다고 조심스레 털어놓았다. 처음에는 몇 달만 하다가 그만두려 했었지만, 단지 꿈만 꾸며 살기에는 현실도, 주변의 시선도 만만치 않았다고 했다. 그나마 이제는 제법 일이 능숙해져 보람도 느낀다고 하니 다행이었다. 다만 자신의 일을 부끄럽게 여기는 것 같아 마음이 쓰였다.

"직업에는 귀천이 없다는 말도 있잖아."

"너는 그렇게 생각할지 몰라도, 그렇지 않은 사람이 더 많아. 우리가 자라면서 들었던 말을 떠올려봐. 공부 안 하면 나중에 궂은일을 해야 한다며 다그쳤잖아. 겉으로는 표현 안 해도, 이미 깊숙이 박혀 있는 인식은 쉽게 바뀌지 않아."

정곡을 찔린 기분이었다. 커서 저런 사람이 되지 않기 위해서 열심히 공부해야 한다는 비슷한 훈계를 나도 들은 적이 많았다. 어린 마음에 그 말을 곧이곧대로 믿고, 그들을 낙오자로만 생각했었다. 지금에 이르러서야 얼마나 잘못된 생각이었는지 깨달았다. 비록 아이가 고생하지 않았으면 하는 마음이었을지라도 분명 잘못된 말이다. 책임의 무게에 따른 위계질서가 어느 정도 있을 수는 있어도, 직업 간에는 위계질서가 없어야 한다. 의사나 변호사라 해서 환경미화원보다 훌륭한 인품을 가진 것이 아닌 것처럼, 모든 직업은 저마다의 가치와 잠재력을 가지고 있으며 동등하다.

이제 어른이 된 우리는

아이들에게 다른 말을 해줘야 한다.

그 어떤 것이든

진정으로 네가 하고 싶은 일을 하라고.

인생의 주인공

◆

인생은 반복되는 희로애락

그 속에서 나답게 내가 주인으로 살아야지.

위로가 되어주는 것들

♦

   시사교양 프로그램 〈나는 자연인이다〉를 매주 챙겨 본다. 예능이나 드라마만 보던 내가 이 프로그램에 빠진 건 그 사람의 삶과 느림의 미학을 엿볼 수 있어서다. 이를테면 산속을 돌고 돌아 구한 먹거리로 식사를 준비하는 데만 무려 반나절이 넘게 걸린다. 그럼에도 전혀 불평불만 없이 그 시간을 나름의 방식대로 즐긴다. 각박한 도시에서 '빨리빨리'에 길들여져버린 나는 느긋하게 기다리는 일이 낯설다.

   산으로 들어온 자연인들은 저마다 사연 하나씩은 품고 있다. 얼마 전에는 차마 눈물 없이는 들을 수 없는 이야기를 해준 자연인이 있었다. 8년 전 젊은 아들을 교통사고로 떠나보내고, 그 참담한 슬픔을 잊기 위해 산중으로 들어왔다고 했다. 마음이 힘들 때는 육신을 괴롭히기 위해 끊임없이 수행한다는 그의 말이 유독 슬프게 들렸다. 아무도 없는 어두컴컴한 그곳에서 얼마나 많은 날을 외로이 홀로 눈물로 지샜을까. 예기치 않은 불행에 세상이 얼마나 야속하게 느껴졌을까. 그럼에도 불구하고 자연에게 위로를 받았다고 말하는 그를 보며 숙연해졌다.

때론 사람이 아닌
다른 무언가가 위안이 된다.

한 친구는 죽을 만큼 아팠던 이별의 고통을 잊기 위해 신발을 벗은 채로 산을 오르내렸고, 나는 울적해지는 날마다 바다 전망이 확 트인 대교를 드라이브했다. 그곳에서 내려다본 크고 작은 아련한 불빛들이 나에게 괜찮다며 다독여주는 것만 같아서다.

감정관리

인간은 크게 일곱 가지 감정을 느낀다. 기쁨, 노여움, 슬픔, 즐거움, 사랑, 미움, 욕망. 혼자만의 생각이지만, 우리의 내면에는 각각의 감정을 담을 수 있는 크고 작은 통이 있다고 본다. 예컨대 밝은 사람은 기쁨이나 즐거움의 탱크가, 울적한 사람은 슬픔이나 노여움의 탱크가 더 클 것이다.

그 크기는 태어날 때부터 정해져 있는 게 아니라 살아가는 환경이나 방식에 따라 시시때때로 변한다. 나는 오래가지 못하는 기쁨과 즐거움보다는 우울함을 담을 공간이 더 필요했다. 그래야만 감정이 북받쳐 철철 흘러내리지 않을 수 있고, 무엇보다 감당할 수 없는 슬픔은 모든 마음의 병의 근원이 될 수 있어서다.

우리가 살아가는 데는 모든 감정이 골고루 필요하다. 꾹
꾹 눌러 담다가는 언젠가 속병이 생기기 일쑤니, 타인에게
상처를 주지 않는 선에서 자신의 마음을 표출하는 편이 낫
다.

기쁨이 넘쳐흐르는 사람은

환한 미소로 만끽하면 되고

노여움이 넘쳐흐르는 사람은

시원하게 분을 풀면 되고

슬픔이 넘쳐흐르는 사람은

한껏 울면 되고

즐거움이 넘쳐흐르는 사람은

싱글벙글 웃으면 되고

사랑이 넘쳐흐르는 사람은

아낌없이 마음을 주면 되고

미움이 넘쳐흐르는 사람은

마음이 가라앉을 때까지 미워하면 되고

욕심이 넘쳐흐르는 사람은

원하는 바를 추구하면 된다.

트라우마

●

    트라우마는 상처를 뜻하는 그리스어 트라우마트traumat
에서 유래되었다. 어떤 사람도 상처 입지 않고 살아갈 수
는 없다. 가벼운 상처는 그저 눈치 채지 못하고 지나가는
경우도 있지만, 어떠한 정신적 외상은 깊게 남아 평생 그
림자처럼 나를 괴롭히기도 한다. 그런 상처를 트라우마라
고 한다.

    한때 나는 심리학에 많은 관심을 가지고 있었다. 나이를
먹어갈수록 한 뼘씩 더 자라나는 마음속 심연의 트라우마
를 떨쳐내고 싶었기 때문이었다. 타인에게 도움을 받는 일
은 한계가 있기에, 자신의 힘으로 정신의 기본을 이해하고
자각해야만 온전한 나를 마주할 수 있을 것만 같았다.

나는 한때 물을 두려워했다. 어린 시절 물에 빠져 죽을 뻔한 적이 있기 때문이다. 하지만 한번 두려움의 정체를 마주해야겠다고 생각하고, 수영장에 다니기 시작하니 나의 두려움이 실체가 없다는 것을 깨닫게 되었다. 덕분에 생각보다 쉽게 트라우마를 잊은 적이 있었다.

그러나 모든 상처가 다 극복 가능한 것은 아니다. 너무도 기억이 강렬하여 차마 마주할 용기가 나질 않아 피하게만 되는 트라우마도 있다. 때론 그게 어떠한 장소가 되기도 한다. 내가 사라져 버렸으면 좋겠다고 마음속으로 되뇌던 시절에 걸었던 거리에 가면 이상하게 짙은 우울감에 잠기곤 한다. 그곳은 제법 변했는데 나는 왜 여전히 그런지 정확한 이유를 모르겠다. 명치에 멍울이라도 진 것처럼 답답하다고나 할까. 그럼에도 꼭 이겨내야 한다는 강박에 시달리지는 않는다.

우리의 삶 자체가

상처를 받는 과정의 연속이고

치유하고 방어하는 과정의 연속이니까.

감정의 깊이가 다른

♦

어린아이가 암만 노래를 잘 불러도 깊은 감정의 울림이 전해져오지 않는 것처럼, 그 곡에 담긴 진정한 의미를 알기 위해서는 어느 정도 경험이 필요하다.

무심코 즐겨 듣던 노래가 실연을 당한 뒤부터 이별의 아픔을 표현한 곡임을 알았다. 귓전으로 들리는 애잔한 목소리는 마치 내 마음을 대변해 주는 것만 같았다. 별거 아닌 단어에도 가슴이 알알하게 아려왔고, 울적한 기분이 나쁘지 않아 몇 번이고 반복해서 들었다. 나와 같은 마음을 가진 이가 옆에서 대신 흐느껴주는 기분이랄까. 나이를 먹을수록 느낀다. 상실, 그리움, 후회와 같은 복합적인 감정들은 시간이 흐를수록 더 깊이 내게 다가온다는 것을.

쓸고, 닦고, 털어내고

◆

청소란 더럽혀진 것을 깨끗이 하는 일이다. 생각보다 우리 삶에서 많은 부분을 차지한다. 널브러진 물건들을 가만히 방치할 수는 없으니 틈틈이 치워야 하고, 탁해진 공기를 정화하기 위해 시시때때로 창을 열어 환기해야 한다. 그러지 않고서는 건강한 삶을 영위할 수 없다.

나는 청소를 부지런히 하는 편은 아니다. 그렇다고 해서 싫어하지는 않는다. 아무리 생각해도 풀리지 않는 문제가 있을 때는 케케묵은 감정과 근심을 털어내기 위해 청소를 한다. 막상 시작이 어렵지, 하고 나면 산뜻함을 느낄 수 있어서 좋다.

그러던 어느 날, 자는 방향을 바꿔볼까 해서 방안의 가구 배치를 다시 했다. 가장 먼저 침대를 옮겼다. 위치를 정하고 들어 올리는 순간 깜짝 놀라고 말았다. 그 속에 쌓여 있는 먼지가 어찌나 많던지. 순간 아연해졌다. 마치 깊숙한 곳에 있는 내 마음을 들여다보는 기분이었다.

줄곧 나는 괜찮다고 믿어왔다. 다 나았다고, 다 잊었다고 믿어왔다. 적어도 겉으로 보기에는 그랬다. 하지만 아니었다. 가슴속 보이지 않는 곳곳에 꾸역꾸역 감춰놓고 있었던 거였다. 나름대로 감정 정리를 잘해왔다고 믿어왔는데, 그건 단지 보이는 부분뿐이었다. 깔끔한 겉모습과 달리 침대 밑에 먼지가 숨어 있었던 것처럼 말이다.

사실 청소는 해도 해도 끝이 없을 뿐더러, 잠깐 손을 놓으면 금세 더럽혀진다. 그건 마음도 마찬가지다. 매 순간 자각하고 있지는 않았지만, 돌이켜보면 그랬다. 누군가의 사소한 말에, 고단한 일과에, 관계에서 오는 상처에, 정말 별거 아닌 일에도 나의 마음은 쉽게 헝클어졌다. 그 속도는 방구석이 헝클어지는 것보다 훨씬 더 빨랐다. 하지만 어떻게 정리를 해야 하는지 그 방법을 몰라 겉으로만 멀쩡한 척해왔던 것이다.

　내 안에 자리 잡은 사념과 상처를 가만히 방치해서는 안 된다. 자신에게 가장 효과적인 방법을 찾아 매일 쓸고, 닦고, 털어내고, 틈틈이 비워내야 한다. 그래야만 매일 어지럽혀지는 감정들을 정리할 수 있는 공간이 생긴다.

언어의 한계

🜄

문득 당신에게 하고 싶은 말이 떠올라서
무엇을 적을까 글을 끄적이다가
한 장은 비워두기로 했다.

때로는 감정을 글이 아닌
공백으로도 담을 수 있다.

사소하지만은 않은

💧

"비 오는 날엔 막걸리에 파전이지."

어릴 적 나는 어른들의 그 말을 이해할 수가 없었다. 하지만 내가 어른이 된 지금 그 말은 의심의 여지가 없다. 얼마 전 비가 오는 밤에 친구를 만나 파전집에서 탁주를 마셨다. 후드득 떨어져 내리는 빗방울 소리와 지글지글 파전 구워지는 소리가 꽤나 듣기 좋아 그 기분에 젖어 있었다.

만일 그 순간 누군가가 하루하루를 사는 낙이 무엇이냐고 물었다면, 맛있는 술이나 음식을 먹는 일이라 대답했을 것이다. 아울러 그 순간을 공유할 수 있는 좋은 이들과 함께할 수 있다면 금상첨화일 테다.

그 외에도 많다. 주문한 물건을 택배로 받는 일, 종일 바깥으로 나가는 순간만 기다리는 강아지와 나서는 산책길, 기가 막힌 타이밍에 딱 끊겨버린 드라마의 다음 편을 기다리는 일 등 작지만 그 하나하나가 모여 어느새 나의 하루를, 한 달을, 일 년을 완성한다.

그건 결코 사소하지만은 않다.
어떤 때에는 고단함을 버티고 살아갈 힘이 되어준다.

웃음의 이유

♦

(1)

운전을 하다가 허기가 져서 무작정 보이는 식당에 들어 갔다. 점심 식사 시간임에도 불구하고 손님이 아무도 없었 다. 그제야 아차 싶었다. 조용한 분위기가 부담스러워 잠 시 망설이다가 입구 근처 자리를 잡았다. 주인아주머니는 거동이 불편해 보였고, 얼굴에는 생기가 없었다. 힘겹게 몸을 추스르고 주방으로 들어가는 뒷모습에 입맛이 썼다.

잠시 뒤 음식이 나왔다. 보기에는 그럴듯해 보였으나 막 상 수저를 들어보니 맛이 없었다. 찰기가 없는 밥알은 입 안에 넣자마자 흩어졌고, 김치에서는 쉰 냄새가 났다. 어 디선가 냄새를 맡고 찾아온 파리 떼까지 들끓었다. 일일이

손으로 쫓아내는 사이 들끓던 식욕이 거짓말처럼 사그라들었다.

그래도 억지로 밥 한 공기를 비웠다. 부족하지 않았는지 묻는 아주머니의 선심에 "잘 먹었다."는 인사로 답하고 식당을 나왔다. 입이 썼다. 식당의 텔레비전에서는 계속 코미디 프로가 나오고 있었지만, 아주머니는 단 한 번도 웃지 않았다. 물론 무거운 분위기에 짓눌린 나도 웃을 기분이 들지 않았다. 그녀의 뒷모습에서 무거운 무게에 짓눌린 삶의 고단함이 전해져 왔기에.

아무 조건 없이 행복하게 웃을 수 있었던 어린 시절을 지나 어른이 된 뒤 웃음의 이유에 대해서 생각하게 된다.

그저 웃음이 나오는 행복한 사람,

힘들지만 애써 웃으려 노력하는 사람,

그나마도 아예 잃어버린 사람,

그러나 어떤 경우이든 마지막이 제일 슬프다.

일말의 희망도 없는 절망은

그 무엇으로도 치료할 수 없어서다.

스산한 바람과 함께

마음의 병은 점점 깊어지고 있었다.

(2)

초등학교 앞을 지나가는데 때마침 아이들이 운동장에서 시끌벅적 뛰놀고 있었다. 끊이지 않는 웃음소리가 마냥 신기하기만 했다. 뭐가 그리 즐거운 건지, 이유 없이 해맑은 그 시절에서 이유를 찾는 지금이 되어버렸다.

삶의 표정은 해를 거듭하여 무미건조해진다. 반복되는 일상에서 느낄 수 있는 감정도 한정적이다. 똑같은 하루, 똑같은 풍경, 똑같은 사람, 똑같은 공간 속에서 우리는 서로의 무미건조한 표정까지 닮아갔다. 진심으로 웃어본 기억이 까마득해질수록 소태笑態가 사뭇 그립다.

어떤 날은 구태여 재미를 찾는다. 밀린 숙제를 하듯 나의 리스트에 올라 있는 예능 프로를 보기도 하고, 재미있는 동영상을 보기도 한다. 그러다 보면 간혹 가가대소呵呵大笑할 장면을 마주친다. 다만 불이 타고 난 자리에 재가 남듯 억지로 피어 올린 감정은 또 금세 식어버릴 수도 있다.

웃음 뒤, 평소보다 기복이 심한 날은 상실감에 더 깊은 우울의 수렁으로 가라앉기도 했다. 몸을 따뜻하게 만들기 위해 힘껏 달리다가 멈췄을 때처럼, 달리는 동안 느끼지 못했던 추위가 배로 몰려오는 기분이었다. 그대로 가만히 있다가는 얼어붙을 것 같아서 하는 수 없이 지칠 때까지 또 뛰어야 했다.

힘든 순간에 웃는다는 것은
어쩌면 그 뒤에 올 어두운 감정으로부터
나를 지키기 위함일지도 모른다.
그런 과정을 그만둘 순 없다.

평온한 하루

🌢

오늘 하루가
평온하게 가는 것처럼 보여도
세상은 생각보다
고통으로 가득하다.

주변에도 아픔을 꼭꼭 숨긴 채
속으로만 괴로워하는 이가
한둘이 아니니.

아무렴 어때

◆

요즘은 그래
별일 없음에 고마움을 느껴.

제발 오늘도 내일도 모레도
별일 없이 지나갔으면 좋겠다.

화려한 삶

🌢

멋지게 살고 싶었다.

눈에 보이는 화려한 성공만 좇았다.

하지만 허황된 꿈은 결국 나를 갉아먹었다.

이제는 안다.

굳이 그렇게 살지 않아도 된다는 것을.

그저 하고픈 일을 꾸준히 하며

나의 주변을 둘러볼 수 있는 여유만 있으면 족하다.

그것마저 쉬운 일이 아니니까.

삶의 일부가 된

◆

집에 있을 때는 항상 텔레비전을 켜놓는다. 적막한 공간에서 이만한 친구가 없다. 간혹 혼자서 밥을 먹을 때는 외로움을 덜어주고, 힘들 때는 아픔을 잠시나마 잊게 해준다. 그리고 무엇보다 억지로 웃거나 말하지 않아도 되니 마음이 편안하다.

그뿐 아니라 사회생활에도 여러모로 도움을 준다. 예컨대 공통의 관심사나 마땅한 얘깃거리를 찾기가 힘들 때, TV 프로그램만 한 화제가 없다. 몇 마디 주고받다 보면 어느새 시간이 쏜살같이 지나가버리니, 대화 주제가 없어서 어색한 침묵이 흐르는 일을 피할 수 있다.

하지만 항상 좋은 점만 있는 것은 아니다. 인간관계와 마찬가지로 적당한 거리를 둬야 한다. 그 속에 너무 빠져 살다 보면 인생도 같이 흘러가버릴 테다. 어릴 적 나는 중독이 의심될 정도로 만화 영화에 빠져 살았다. 오랜 세월이 흐르고 나니 뭘 봤는지 기억조차 제대로 안 나는 경우도 많다. 그 나이 때 우리 모두가 사실 그랬다. 하지만 일상에서 떼려야 뗄 수 없는 TV의 원리를 처음 만든 사람이 불과 열네 살의 소년이었다는 이야기를 들었다. 이상한 기분이 들었다.

 우리는 그저 그 속에
 갇혀 살고 있는 것은 아닌지 말이다.

오롯이 나를 위해

♦

(1)

"얼마 전에 네가 작가라는 소식을 듣고 깜짝 놀랐어."

"미리 알려주지 못해서 미안해. 원래는 아무에게도 말하지 않으려 했었거든. 몇몇 지인들에게 이야기한 게 알려졌나 봐."

"그것보다 내가 알던 너의 모습과 책이 너무 달라서 의외였어. 항상 걱정 없이 사는 것처럼 보여 부러워했었는데 마음속에 그런 아픔이 있을 줄은 상상조차 못 했었어."

"그래? 어쩌다 보니⋯⋯."

간만에 연락이 온 친구에게 해명 아닌 해명을 하고서 말끝을 얼버무렸다. 이내 어색한 기운이 감돌자 자연스럽게 다른 화제로 전환했다. 그렇게 한참을 통화하다 전화를 끊고 나니, '걱정 없이 보여 부러웠다.'는 말이 뇌리에 박혀 지워지지 않았다. 무탈하게 살기 위해 애썼던 일들이 누군가에게 행복으로 비칠 수도 있다는 사실에 적잖은 충격도 받았다.

  누구나 사람은 이차원이 아닌 입체모형이다. 구조가 워낙 복잡해서 한정된 시야로는 표면밖에 보이지 않아 오해하기에 십상이다.

(2)

그동안 나는 마음속에 쌓인 울분이나 고통을 겉으로 표출하기보다는 글쓰기를 통해 남모르게 해소해왔다. 잔잔한 음악의 선율에 정신을 맡겨 깊은 생각에 빠져들면, 피해왔던 상념이나 마음속 한구석에 숨어 있던 지독한 슬픔과 짙은 우울까지 모조리 튀어나와 자그마한 회오리가 일기 시작한다. 시간이 흐를수록 빙빙 도는 속도가 빨라져마지막에는 소용돌이로 변해 용솟음친다. 내뿜는 감정을글에 온전히 녹일 수 있는 순간은 딱 그때다. 단 몇 줄이라도 좋다. 휘갈기고 나면 뭉쳐 있던 응어리가 어느 정도 풀려 조금은 가벼워진다.

예술이란 살아갈 힘을 줌과 동시에 고통을 승화할 수 있는 좋은 방편이다. 고흐는 극심한 가난 속에서도 수많은걸작을 탄생시켰고, 베토벤은 역경과 시련에도 결코 굴복하지 않고 불후의 명곡들을 만들었고, 도스토옙스키는 4년간의 수감생활 중에도 머릿속에 글을 달달 외울 정도의 대단한 집념으로 세계적인 문호가 되었으며, 세르반테스는 전쟁의 후유증으로 왼손을 쓸 수 없는 상황에서도 명작 『돈키호테』를 완성했다. 그들의 작품에는 심금을 울릴 정도의 무언가 뜨거움이 느껴진다.

　평상시 피하고 싶은 감정들을 마주하는 일이
　삶과 예술에서는 최고의 도구가 될 수도 있다.

2장

나만 아는 슬픔

막막했던 나날

♦

(1)

가슴에 멍울이 진 것처럼 답답했고
긍정적인 생각은 단 한 가지도 들지 않았다.

어쩌면 하루하루를 살아가는 게 아니라
마지못해 견디고 있었다.

(2)

하루를 버텨야 하는 무거운 강박감으로 인해 정신은 피폐해져만 갔다. 어두컴컴한 방에서 지그시 눈을 감은 채로 세상과 단절되어 있으면 그나마 괜찮은데, 눈부신 바깥으로 나가는 순간부터는 시계추가 멈춰버린 것처럼 고역에 시달려야 했다. 일어나는 모든 일이 나를 둘러싼 환경과 여리고 나약한 나 자신이 만든 결과라 탓하며 더욱더 초라하게 위축되어갔다. 어떤 때는 혼미한 정신으로 살아봐야 뭐하나 싶어 삶과 죽음의 경계에서 어디로 가야 할지 저울질을 할 정도로 막막하기만 했다.

늘 미안한 마음

♦

푸들 에리는 항상 내 옆에 붙어 있다. 침대에 누워 잠을 잘 때도, 책상에 앉아 일할 때도, 거실에서 휴식을 취할 때도 그림자처럼 뒤를 졸졸 따라다닌다. 이제 근처에 없으면 오히려 허전한 기분이 들 정도다. 이따금 말썽을 일으키기도 하지만, 앞으로 사는 동안은 자유로웠으면 하는 바람에 굳이 혼내지는 않는다.

함께한 지 어느새 7년이 넘었기에 눈빛과 행동만 봐도 대충 뭘 원하는지 어림짐작할 수 있다. 밥이나 물이 필요하다면 그릇을 두드리고, 무릎 위에 앉고 싶으면 작은 울음소리를 낸다. 또 내가 외출할 때는 귀신같이 낌새를 알아차리고, 슬픈 눈빛으로 가지 말라며 그윽하게 쳐다본다.

차마 마주 볼 수가 없어서 시선을 피한다.

예전에 한번 집안의 상황을 실시간으로 모니터링할 수 있는 캠을 설치한 적이 있었다. 쓸쓸히 기다리고 있는 모습이 자꾸만 떠올라 마음이 편치 않아서다. 분명 나갈 때는 괜찮았는데 영상을 보니 걱정했던 것보다 더 심각했다. 불안하고 초조했는지 몸을 부르르 떨거나, 이리저리 막 움직이고 있었다. 미세한 소리에도 반응하여 현관 쪽으로 뛰어갔다. 그나마 짖지 않아서 다행이었지만, 언제 올지 모르는 나를 기다리는 모습이 너무도 애처로워 더는 볼 수가 없었다.

우리는 늘 그렇다.
어떤 대상이든 나의 의지만 있으면
사랑을 줄 수 있을 거라 너무 쉽게 믿는다.

때론 그 일방적인 마음이
누군가를 아프게 할 수 있다는 사실도 모른 채 말이다.

그 뒤부터 에리의 기억이 외로이 기다리는 시간으로 채워지길 원치 않아서 더욱 신경을 쓰게 되었다. 무엇보다 좋아하는 산책의 횟수를 늘렸다. 목줄을 꺼내는 순간부터 펄쩍펄쩍 뛸 듯이 기뻐하는 모습에 덩달아 나도 기분이 좋아진다. 간혹 그럴 때는 꾸밈없이 감정에 솔직한 면이 사람보다 낫다는 생각이 든다. 아무튼 그저 지금처럼 건강하고 오래오래 함께 있어 줬으면 좋겠다.

거울

아침에 일어나 문득,

거울에 비친 나의 모습을 보았다.

얼굴에 아무런 감정도 드러나 있지 않았다.

왠지 쓸쓸해 보여서 나를 향해 슬며시 웃어주었다.

"난 누구일까?"

버티는 하루

🌢

유독 불면증이 심했던 적이 있었다. '째깍째깍' 평소에는 그리 신경 쓰지 않던 시계 소리가 점차 크게 들려왔고, 어둠 속 실체를 알 수 없는 강박감이 나를 엄습해왔다. 애써 잠을 청하려 지그시 눈을 감아도, 후후 복식호흡을 하며 마음을 진정시켜도, 머릿속에 새하얀 양을 한 마리씩 그려보아도, 마치 각성한 사람처럼 눈꺼풀만 부들부들 떨려올 뿐이었다. 감당할 수 없는 불면은 누구든 미치게 만든다. 제아무리 부드럽고 순한 사람도 소용없다. 그렇게 신경이 곤두서서 뜬눈으로 밤을 지새우다 여명을 맞이하기라도 하면, 너무도 서러웠다. 그건 희망이 아닌 절망의 빛이었으니까.

그날도 흐리멍덩한 정신을 가다듬고 어김없이 출근했다. 진종일 오로지 자고 싶은 마음뿐이었다. 일하다가도 미친 듯이 잠이 올 때면, 허벅지를 세게 꼬집거나 차가운 물로 세수를 했다. 어떻게든 다시 땅거미 지는 어둠이 몰려올 때까지 버텨야 안식을 취할 수 있었다.

살아 보니 나뿐만이 아니었다. 눈을 감은 채로 마주 보며 꾸벅꾸벅 인사를 하는 지하철, 좁은 공간에서도 쪽잠을 자는 점심시간, 어디서든 수면 부족에 시달리는 사람들을 만나곤 했다. 때론 그런 모습들이 치열한 우리 삶의 단면 같아 처연하기 그지없다. 하루를 살아가는 이들보다, 버티는 이들이 많아 보여서다.

부디 언젠가는
더 나은 세상이 오길 바라본다.

이유 없는 슬픈 날

♦

"너는 뭐가 되고 싶니?"

"음, 작가."

사뭇 진지한 투로 답했었는데 친구는 뭐가 그리도 재밌
는지 깔깔 웃음보를 터뜨렸다. 학창시절이다 보니 놀림거
리로 전락할 수 있다는 생각이 들어 얼른 농담이라고 얼
버무리고서는 덩달아 하하 웃었다. 그러나 가슴 한구석은
꽤 쓰라렸다. 꿈을 숨기기 시작한 것도 딱 그때부터다. 남
들의 반응에 내 마음을 다치느니 차라리 말하지 않는 편이
나을 거 같아서였다.

"너는 뭐가 되고 싶니?"

"좋은 회사에 취직하고 싶어."

　의아해하는 눈초리로 대하거나, 우습게 여기는 사람들은 찾아볼 수 없었다. 다들 당연한 듯 고개를 끄덕일 뿐이었다. 다수의 삶과 동떨어진 길을 걷는 일이 힘든 이유는 주변의 시선도 한몫하고 있다고 본다.

　꿈을 품은 채 살아온 지도 어느덧 오랜 세월이 흘렀다. 도중에 포기하고 싶지 않아 학교에 다니면서도, 일하면서도, 심지어 바다 위에서도 수많은 밤을 지새우며 꾸준히 글을 써왔지만, 노력만큼 보상받지 못한다는 현실에 짓눌려 한없이 위축됐던 적도 참 많았다. 어떤 날은 지칠 때로 지친 마음을 어떻게든 다잡기 위해 도서관 열람실에 갔다. 뭐라도 좋으니 적어볼까 싶어 우두커니 앉아 펜대를 돌려가며 생각에 잠겼다. 하지만 잡념이 정신을 지배하는 바람에 좀처럼 집중하기 힘들었다. 괜스레 텅 빈 마음으로 주위를 둘러보았다. 유심히 책장을 훑어보는 사람, 동영상 강의를 시청하며 기계처럼 필기를 하는 사람 등등, 무언가에 골똘히 몰두하고 있는 이들로 가득했다.

도대체 '꿈'이란 무엇이기에 이토록 힘들게 만드는가. 치열한 경쟁 속에서 승리했다는 환희를 맛보고 싶은 걸까. 되고픈 것을 이루었다는 성취감을 만끽하기 위한 걸까. 언제 이룰지도 모르는 기약 없는 꿈을 위해 하루하루를 살아가는 일이 너무도 처연하게 느껴졌다.

마감 시간이 다가오자 줄지어 하나둘씩 자리를 떠났고, 나도 그 뒤를 따랐다. 밖으로 나오자 바야흐로 가을의 선선한 밤공기가 실내에 찌든 심신을 조금이나마 정화해주었다. 유난히 상쾌한 기분에 잠시 목이나 축일 겸 자판기 앞으로 갔다. 버튼을 누르니 음료가 바닥으로 떨어지며 둔탁한 소리를 냈다. 그 소리가 꽤 운치 있었다. 그러고 보니 우습게도 서너 살쯤 내 꿈은 자판기에서 음료를 멋있게 뽑아 마시는 일이었다. 어떻게 보면 자그마한 소망은 이룬 셈이었다.

후룩후룩 다 들이마신 캔을 힘껏 찌그러트려 쓰레기통을 향해 던졌다. 길게 포물선을 그리더니 아깝게도 바깥 부분에 맞고 튕겨 나왔다. 늘 그랬다. 조금 편해지자고 한 행동들은 다시 해야 했던 경우가 더 많았다. 하는 수 없이 다시 캔을 분리수거 통에 넣고서는 주차장에 있는 차를 타고 집으로 향했다.

도로를 비추는 가로등 불빛이 점점 물에 젖어갔다. 괜스레 콧등이 시큰해져 눈물이 맺힌 것이었다. 갑자기 흐릿해진 시야에 놀란 나머지 급하게 갓길에 차를 세웠다. 어쩌면 마음속으로 끊임없이 의문을 가졌던 일들이 한꺼번에 터져버렸는지도 모르겠다.

'나 정말 잘하고 있는 거 맞지?'

하염없이 밀려오는 슬픔에 소리 내어 펑펑 울어볼까 싶었지만, 애써 일렁이는 감정들을 추스르고서 다시 운전대를 잡았다.

마땅한 이유 없이

울음보가 터지기 시작하면

하루하루가 눈물바다가 되어버려서다.

아침 해

♦

깊은 슬픔에 취해 뜬눈으로 밤을 지새운 날이 있었다. 퉁퉁 부어버린 눈과 푸석한 얼굴을 어둠 속에 감추고 싶은데, 야속하게 여명이 밝아왔다. 그날따라 치부를 들키는 것만 같아 태양이 밉기만 했다.

회피

🜄

미루고 싶었던 걸까.

피하고 싶었던 걸까.

곰곰이 생각해보니

어쨌든 그 문제에

부딪히고 싶지 않았던 거였다.

무념

♦

그리 행복했던 적이 없어서,
암만 말해도 행복이 뭔 줄 몰라.

그럼에도 내가 애처롭다는 생각은
딱히 들지 않아.

어설프지만, 부단히 노력해왔으니까.
다만, 이제는 익숙해져 버렸어.

번번이 전해지지 않는 진심과
이런 나 자신에.

지독한 외로움

🌢

  야경의 명소로 유명한 요코하마의 미나토미라이 주변을 걸었다. 다채로운 불빛은 나의 시선을 사로잡기에 충분했다. 물에 비친 음영이 짙은 그림자는 너무나 몽환적이어서, 꿈결에 서 있는 것만 같은 착각에 빠졌다. 그 장면을 간직하고 싶어 홀린 듯 카메라의 셔터를 눌렀다.

  어느 쇼핑몰을 지날 때 멀리서 사람들이 웅성거리는 소리가 들려왔다. 광장에 수많은 사람들이 빙 둘러싸고 있었고, 그 한복판에 한 남자가 능수능란한 솜씨로 횃불 여러 개를 동시에 빙글빙글 돌리고 있었다. 간간이 아슬아슬해 보이는 상황도 있었지만, 보란 듯 고비를 무사히 넘겼다. 그때마다 관중들은 안도의 한숨을 내쉬며 박수를 쳤다.

어린아이가 된 것처럼 분위기에 동화되어 시간이 가는 줄도 몰랐다. 한창 무르익었던 공연은 어느새 막을 내렸고 다들 아쉬움을 뒤로 한 채 뿔뿔이 흩어졌다. 나도 그만 돌아갈까 싶어 시간을 확인했다. 생각보다 여유가 있었다. 근방의 편의점에 들러 커피를 한 잔 사가지고 전경이 훤히 보이는 벤치에 앉았다. 마침 부드럽게 선들바람이 불어왔다.

딱 그때였다. 공연스레 눈시울이 붉어지고, 전혀 예상치 못한 지독한 외로움이 몰려왔다. 세상이라는 거대한 극장 속 연극이 끝난 뒤, 텅 빈 무대에 홀로 남은 기분이었다.

눈부시게 빛나던 조명도 하나둘씩 꺼져갔다. 이내 사방은 어두컴컴하게 변해갔다. 불과 십여 분 전만 해도 이곳은 열기로 가득했었는데 어느새 딴 세상이 되어버렸다. 어쩌면 원래의 모습으로 돌아가고 있었던 건지도 모른다. 화려한 빛에 취해, 서로가 모여 만든 정취에, 어둠을 잠시 망각하고 있었던 것이었다.

그저 그런 일상을 보내도

사람들과 부대끼며 하루를 보내도

느닷없이 찾아오는

이 쓸쓸함은 뭐라 표현할 방도가 없다.

괜찮지만 괜찮지 않다

💧

『안네의 일기』에는 당시의 특수한 환경에서 오는 비애, 신념, 소망 같은 감정들이 고스란히 담겨 있다. 날로 절박해지는 처지에도 희망의 끈을 놓지 않고, 깊은 고민의 흔적을 이처럼 훌륭한 글로 남겼다는 것은 실로 대단한 일이 아닐 수 없다. 지금껏 여러 번 읽었지만, 마지막 페이지는 항상 슬퍼서 책장을 넘기기가 쉽지 않다. 결말을 알고 있기에 더 그런지도 모르겠다. 솔직히 나로서는 감히 상상조차 할 수 없는 일들이다.

그러나 아이러니하게도 그녀가 죽고 나서 아버지가 일기장을 발견하지 전까지는 아무도 그녀의 마음을 알지 못했다. 안네는 평소 쉽사리 자신의 진지함과 어두운 면을 드러내지 않았던 것이다. 도리어 철없는 아이처럼 행동하기 일쑤였다. 혹시나 주변 사람들이 낯설어할까 봐 걱정했기 때문이다.

경우는 달라도 비슷한 경험이 있어 어떤 기분인지 나도 조금은 알 것만 같다. 나는 평범하지 않은 가정환경과 관계에서 받은 심적인 상처로 어두운 유년 시절을 보냈다. 그리하여 타인에게 보이고 싶지 않았던 결핍을 숨기기 위해 이상하다 싶을 정도로 바보같이 밝게 웃었다. 이런 내 모습을 본 사람들은 나를 재미있는 사람이라 오해하기 시작했다. 한데 아니라고 부정할 수가 없었다. 내면에 있는 깊다란 우울을 밖으로 표출하면, 하나둘씩 나를 바라보는 시선이 달라질까 봐 걱정되었다. 아무래도 갑작스런 변화를 받아들이는 일은 쉽지 않을 테니까. 하물며 상대가 색안경을 끼고 그 부분만 볼 수도 있다는 생각에 말하기가 더 두려웠다. 그러다 보니 자기방어적인 성향이 갈수록 강해져 타인을 더 경계하곤 했다.

하지만 그건 안네와 같이 어릴 때다. 지금은 제법 슬픔을 담담하게 말하곤 한다. 물론 공기가 급격히 무거워지는 일이 싫어 웬만해서는 잘 꺼내지 않는다. 나뿐만이 아니라, 우리 모두가 그런 면이 있을 것이다. 부모를 잃은 이가 문상 온 지인들에게 담담하게 감사의 말을 전하고, 항상 밝게만 보였던 친구가 순탄치 않았던 과거사를 간략하게 고백하듯 말이다.

비트겐슈타인은 '말할 수 없는 것들에 대해서는 침묵하라'고 했다. 자신이 가진 깊은 감정을 진정으로 누군가에게 털어놓기는 실지로 힘들 뿐더러, 표현할 길조차 마땅치 않아 온전히 전달하는 일은 불가능에 가깝다.

이제는 구태여 말하지 않아도 안다.
담담하게 말하고
담담하게 받아들이는 우리지만
정말 괜찮지는 않다는 것을.

알 수 없는 마음

◆

괜찮을 줄 알았는데
막상 괜찮지 않다.

참아야지, 참아야지 했는데
기어코 터뜨리고야 만다.

꾸준히 애정을 줄 수 있을 거라 믿었는데
언제 그랬냐는 듯 밍숭맹숭하다.

주어진 일에 지긋이 매달릴 거라 각오를 다졌는데
이제는 그 다짐이 무색해질 정도로 지긋지긋하다.

나도 내 마음을 잘 모르겠다.

승부욕의 양면

♦

친구들과 볼링을 치러 갈 때면 어김없이 내기가 빠지지 않는다. 지는 팀이 계산하는 조건이다 보니, 평소에는 제법 어른 태가 나는 우리들도 그때만큼은 철없는 아이처럼 엎치락뒤치락하는 점수에 희비가 교차한다. 단순한 재미임을 알면서도 불붙은 승부욕으로 인해 감정이 상한 적도 있었다. 접전 끝에 유독 아쉬웠던 패배를 승복할 수 없었던 우리 팀은 저녁값 내기까지 더해 뒤집기 판을 한 번 더 벌였다. 하지만 이겨야 한다는 압박 때문인지 오히려 대참패를 당했다. 상대 팀 친구들이 웃으면서 놀리는 바람에 나 역시 썩 기분이 좋지 않았다. 우리는 게임이 끝나고 식당에 들어가기 전까지 한마디도 하지 않았다. 아무래도 이길 때의 짜릿함보다, 지고 나면 걷잡을 수 없이 몰려오는 허탈감이 더 큰 건 다들 매한가지인가 보다.

　세상에 지는 일을 좋아하는 사람이 있긴 할까. '지는 것이 이기는 것'이라는 속담도 결국은 이기기 위함이며, 승부를 겨루는 경기에서 그 말은 전혀 먹히지 않는다. 좋은 성적을 내기 위해 선수들은 사력을 다하고, 응원하는 이들도 한마음이 되니까. 극단적으로 보일 수도 있겠지만, 반대로 그만큼 열의를 가지고 임할 수 있다는 말이기도 하다.

　나도 승부욕이 강한 편이다. 그렇다고 해서 무조건 발산하지는 않는다. 이런 내 모습을 잘 알기에 감정 상하는 일들은 피하고 싶어서 필요할 때만 사용하려 노력한다. 앞으로 나아감에 있어 하나의 원동력이 될 수도 있지만, 때에 따라서는 언제든 나를 억압하는 독으로 변할 수 있으니.

긴 겨울

수천 번, 아니 수만 번도 더 울었다.
단 눈물을 흘리지는 않았다.

내 마음은 드넓은 설원이
광활하게 펼쳐진 빙하기다.

휘몰아치는 차가운 눈보라는
안으로만 가둔다.

바깥까지 얼어붙는 것은
원치 않아서다.

그저 옅은 미소만 지은 채로

말도 감정도 삼킨다.

이 추위도 지속되면 아프지 않다.

감각이 무디어져 얼얼함만 전해져올 뿐이다.

미련

♦

진작 놓아야 했는데
안간힘을 다해 꽉 붙들고 있었어.

줄을 잡고 있던 손은
살갗이 까지고 피가 나서
고통스러운 지경에 이르렀지.

그래도 가버릴 것들은
매정하게 다 떠나가더라.

이럴 줄 알았으면
애초부터 잡지 말 걸 그랬나 봐.

그럼 내가 조금은 덜 다쳤을 텐데…….

무기력의 늪

◆

사라져가는 의욕
이어지는 나른한 일상
벗어나려 마음가짐을 새로이 해봐도
아무런 소용이 없다.

이따금씩 입맛마저 잃는다.
수저조차 들기 싫을 때는
식음을 전폐하면 살아갈 수가 없기에
꾸역꾸역 음식을 먹을 뿐이다.

무얼 위해 사는 건지
고민이 드는 그런 날이 있다.

시간을 역행할 수는 없어

♦

갑자기 비가 억수처럼 쏟아져 내렸다. 서울역 대합실 근처에는 성난 하늘이 잠잠해지길 기다리는 사람들로 붐볐다. 그중 유독 역사 안 모퉁이 쪽으로 눈길이 갔다. 한구석에 허름한 차림새의 노인들이 비좁은 틈을 헤집고 박스를 깔고 자리 잡고 있었다.

우리는 모두 노인이 된다. 시간의 흐름은 누구도 피할 수 없다. 어쩌면 삶이란 아기로 태어나서 노인이 되어가는 일련의 과정일 수도 있다. 한데 아직도 그 사실이 두렵기만 하다. 코엔 형제의 〈노인을 위한 나라는 없다〉라는 영화에서 유독 사무치게 슬픈 대목이 있었다.

"나이가 들면 신이 우리를 알아서 보호해 줄 거라 믿었지만, 다 헛된 기대에 불과했어. 그럼에도 원망하지 않아. 나는 참 내가 봐도 별로인 인간이니까."

나도 훗날 누군가에게 짐이 되는 건 아닌지, 아무런 힘이 없는 자신을 한탄하며 살게 되면 어떡할지 걱정이 앞선다. 늙어가는 일은 그만치 힘을 잃어가는 것과 같아서다. 과거의 영광에 사로잡혀 그것들을 되찾으려 하다가는 더 많은 것들을 잃을 수 있기에, 그저 무기력하게 지켜보는 일 외에는 방법이 없을 수도 있다.

때로는 그 섭리를 인정해야만 하는 현실이 서글프기도 하다. 지금의 우리로서는 발버둥 쳐 봤자 시간을 역행할 수 있는 길이 없다. 다들 어쩔 방도가 없어 그저 자연스러운 과정이라 순응하는 셈이다.

무정하게도 시계 초침의 소리는

점점 빨라져 간다.

그리고 거울 속에 비친 얼굴도

날로 푸석해져 간다.

내 모래시계의 모래는 얼마나 남았을까.

 어떻게 해야 하루가 좀 더 의미가 있을까. 수백 번 반복
하며 번뇌해 본들 재차 원점으로 돌아온다. 마치 벗어날
수 없는 시계추에 대롱대롱 매달린 채 끌려다니는 기분이
다. 간혹 *감성적 단계를 벗어나 시간을 초월하고 싶다.
나이의 수는 올라만 가는데 마음은 늙고 싶지 않아 아등대
기만 하니.

* 감성적 단계 : 인식의 첫 단계인 감각, 지각, 표상의 단계

위험수치

◆

한창 밖에서 일하던 도중 스마트폰에서 시뻘건 미세먼지 경고 알림이 떴다. 아뿔싸, 탁한 집안의 공기를 환기하려 창을 다 열어놓고 나와버렸다. 거기다 널어놓고 온 빨래까지 있었으니, 미처 예보를 확인하지 못한 사실이 너무도 후회스러웠다. 설상가상으로 대기환경지수는 시간이 지날수록 더 나빠졌고, 나는 얼른 귀가를 서두르고픈 마음뿐이었다.

집으로 돌아가자마자 바닥부터 닦았다. 실지로 눈에 보이지는 않지만, 물걸레에는 누런 때가 식겁할 정도로 묻어나왔다. 부랴사랴 창을 다 닫고서, 공기청정기를 작동시키니 또 시뻘건 경고등이 켜졌다. 날로 황사의 위험성을 인식하는 요즘은 신선한 공기가 유독 그립다. 그러고 보니 현대에는 불쾌지수, 감기지수, 식중독지수, 자외선지수, 뇌졸중지수 등등 수치화된 각종 위험으로 인해 조심해야 할 것들이 정말 많다. 차라리 몰랐으면 좋았을까. 막상 생각해 보면 그건 또 아닌 것 같다.

불과 백 년 전만 해도 이런 스마트 시대가 올 줄은 아무도 상상조차 못했었다. 이러다 언젠가 감정을 겉으로 티내지 않는 사람의 내면도 여러 가지 수치로 들여다볼 수 있는 날이 올지도 모른다는 이상한 상상이 든다. 슬픈 친구에게는 애쓰지 않아도 된다며 다독여주고, 화가 가득 찬 이에게는 끓어오르지 않게 조심스럽게 대하고, 나에게 상처를 줄 것 같은 사람은 미리 피할 수 있을 테다.

정말이지 사람 마음은 해석하기 어려운 난센스 같다. 무심코 건넨 말에도 예민하게 반응하는 이가 있는 반면에, 심각하게 말해도 무감각한 이도 있는 걸 보면 말이다.

평온과 긴장 그 사이

◆

　모처럼 J와 강변을 걸었다. 초가을이라 그런지 시원하게 불어오는 강바람은 지친 심신을 상쾌하게 해주었고, 솔솔 풍겨오는 풀 내음도 좋았다. 때마침 하늘도 석양에 샛노랗게 물들어 갔다. 그 아름다운 장관을 놓칠세라 우리는 가는 길을 멈추고 쉬어갈 겸 나란히 벤치에 앉았다.

　눈앞에 보이는 강물은 일정한 유속으로 흘러가고 있었다. 그리고 내 감정도 잔잔하게 일렁였다. 평온한 마음에 잠자코 바라보다 그만 고요한 물결 속으로 빨려 들어갔다. 이런 기분이 나쁘지 않았다. 한데 갑작스레 물고기 한 마리가 정적을 깨고 수면 위로 튀어 올랐다. 침묵을 지키던 J는 말문을 열었다.

"쟤네들이 왜 저러는 줄 알아?"

"글쎄, 바깥 구경이 하고 싶어서가 아닐까?"

"생명의 위협을 느껴서야. 그 이유가 무엇이든 간에 결코 좋은 장면은 아닌 거지."

다소 장난기 섞인 대답에도 아랑곳하지 않고, 사뭇 진지한 그의 말에 깊이가 느껴졌다. 겉으로는 노을에 비친 반짝이는 강물이 참 아름다워 보였는데, 막상 안에서는 살기 위한 몸부림이 벌어지고 있었다.

단편적으로는 안온하게만 보이는 세상이지만, 언제 어디서든 위험은 곳곳에 도사리고 있다. 생명들은 살아남기 위해 저마다의 방법으로 자신을 지킨다. 오징어는 검뿌연 먹물을 뿜고, 복어는 자신의 몸을 부풀리고, 카멜레온은 몸색깔을 바꾼다. 그건 나도 매한가지다. 항시 어느 정도는 긴장하면서 살아야 하니까.

우리의 세상은

딱 평온과 긴장 그 사이에 있다.

체면치레

🔹

발바닥에 작은 가시가 박혔다. 처음에는 대수롭지 않게 여겨 손톱으로 뽑으려 했다. 잡히긴 했으나 힘이 가해지지 않아 오히려 더 깊숙이 박혀버렸다. 혹시나 가시를 집을 만한 다른 도구가 있나 싶어 집안을 눈 씻고 찾아봤지만, 손톱깎이마저 보이지 않았다. 하는 수 없이 핀셋을 사러 밖으로 나갔다. 가시가 더 깊이 박힐까 걱정되어 한쪽 발은 구부린 채로 뒤뚱뒤뚱 우스꽝스럽게 천천히 걸었다. 그나마 인적이 드문 길이라 지나가는 사람이 없었기에 망정이지 여간 볼썽사나웠을 것이다.

동네 슈퍼에 도착해서는 동선을 최소화하기 위해 물건의 위치부터 물어보고 나서 움직였다. 한데 가는 날이 장날이었는지 근방에 사는 아는 후배와 마주쳤다. 하필이면 집으로 돌아가는 방향마저 같아 나란히 걷게 되었다. 가시 박힌 발은 어떡할지 고민하다가 결국 아픔을 무릅쓰고 펴버렸다. 그리 친한 사이가 아니라서 체면치레였던 것 같다.

살다 보니 때론 육체의 고통보다 정신이 더 나를 지배하기도 한다. 문이 열린 줄 알고 지나갔다가 유리문에 머리를 쿵 박았을 때, 계단이나 길에서 다리를 헛디뎌 자빠졌을 때, 문턱에 발가락이 부딪쳤을 때, 고통이 밀려와도 주변 사람들에게 창피당하고 싶지 않아서 아무렇지 않은 듯 자연스럽게 행동한다.

타인에게 치부를 보여주고 싶지 않은 마음은
모두 마찬가지일 테니까.

타인의 불행이 기회가 된다니

🜄

　이제는 하지 않지만, 시세보다 싸게 살 수 있다는 메리트를 가진 부동산 경매에 관심이 꽤 많았었다. 물건 정보를 훑어볼 수 있는 사이트에는 매일 수백 건에 달하는 매물들이 새로운 주인을 찾으러 쏟아져 나온다. 일일이 어떤 사연이 담겨 있는지는 짐작조차 할 수 없으니, 그 고통을 어찌 이루어 말할 수 있을까. 채무변제 능력을 상실한 이들은 전부나 다름없던 것들이 남의 손에 넘어가는 꼴을 넋 놓고 바라볼 수밖에 없다.

　하지만 매수자들은 그런 사정을 안중에 두지 않는다. 더 좋은 가격에 사기 위해 머리를 굴릴 뿐이다. 고도의 심리전이 펼쳐지는 장내에서는 자신이 기재한 입찰금액이

맞기를 바라며 기다리다가 발표가 나면 희비가 교차한다. 아쉽게 떨어진 이들은 다음을 기약하고, 낙찰된 이들은 환희로 들끓는다. 그리고 이래저래 절차를 마치고 밖으로 나가면, 수십 명의 대출상담사가 서로 명함을 주면서 축하해준다. 누군가의 슬픔이, 누군가에는 기쁨이 되어버리는 일이 비일비재한 세상이 가끔 냉혹하게 느껴진다.

감당할 수 없는 빚을 져서 갚질 못한 이의 잘못일까. 주어진 재산 증식의 기회를 이용해 매수하는 이가 잘못일까. 우리가 사는 자본주의 사회에서는 당연한 이치라 누구를 탓할 수도 없는 노릇이다. 어쩌면 시시비비를 가리는 것보다 현실에 순응하여 그 안에서 노력하는 쪽이 더 나을지도 모른다. 그래도 입맛이 쓴 건 어쩔 수 없다.

마지막 기회

이번이 마지막이라 믿었다.
시작부터 일이 잘 안 되었다.

이번엔 진짜 마지막이라고 생각했으나
여전히 잘 되지 않았다.

어쩌면 '진짜 마지막'이라는 말은
마지막 기회라는 핑계로
한 번 더 돌아보고 싶었던
나의 미련이었는지도 모른다.

알고 있어도 소용없는 것들

♦

　우리는 벌거벗은 몸뚱이만 가진 채로 태어나서, 홀연히 세상을 떠날 때는 이룬 것들을 전부 놔두고 간다. 사는 동안 남보다 내가 좀 부족하다고 해서 열등감에 빠지거나, 좀 더 가졌다고 해서 우월감에 취할 필요도 없는데, 막상 쉽지가 않다. 하지 말아야지, 하지 말아야지, 재차 되뇌어도 변덕이 심한 마음을 도무지 제어할 수가 없다. 요사이 친구한테도 아차, 말실수를 해버리고 말았다. 그런데도 너무 자책하지는 않으려 한다. 완전무결한 사람은 세상 어디에도 없다. 누구나 성격이나 말과 행동에 조금씩은 흠이 있기 마련 아닌가.

살아 보니 인지하고 있어도 무용한 것들은 한둘이 아니다. 애당초 무언가를 지킨다는 생각 자체가 모순임에도 불구하고 염염히 불태운 욕망으로 원하는 것을 쟁취하기 위해 고군분투한다. 거기에다 더하여 쌓아온 부와 명예도, 애정도, 권력도 유지하려 안간힘을 쏟는다. 언제 끝날지도 모르는 생인데 말이다.

 하지만 인간은 그 환상을 절대로 깰 수 없다.
 그건 우리가 신이 될 수 없는
 수많은 이유 중 하나다.

쾌락의 이면

◆

뭐든 짜릿함을 맛보기 시작하면
중독되기 십상이야

초콜릿의 달콤한 맛을 잊지 못해
자꾸만 찾게 되는 것처럼

하지만 언제부턴가
자제력을 기르기 시작하지

순간의 쾌감이 강렬했던 만큼
허무함이 배가 되어
크디큰 고통이 따랐으니까

꿈에서 깨어나면

♦

항상 무언가에 취해 살았다. 오늘만 살아가는 사람들과 분위기에 취해, 쓰라린 마음을 달래고 싶어서 술에 취해, 영원히 함께하자는 장밋빛 사랑에 취해, 어슴푸레한 가로등 불빛 위에 수놓은 듯 펼쳐진 별빛에 취해, 고단한 현실을 피하고 싶어 따스한 이불에 취해, 노력한 만큼 결과가 나오는 게임에 취해, 언젠가 이룰 수 있을 것이라 믿는 일에 취해 살았는데, 깨어보니 냉기만 흐르는 고적하고 텅 빈 방안이었다.

여름벌레

♦

오뉴월이면 유독 생명의 소리가 사방에서 들려온다. 무더위가 한풀 꺾이고, 가을이 찾아오면 사라져 버릴 자신의 존재를 다들 아는 눈치다. 공연스레 감정이 이입되어 코끝이 찡해진다. 내가 머무는 이 계절도 언젠가는 끝날 것을 알기에 더 그런지도 모르겠다. 우리는 한철 여름과 같은 인생이라는 계절에서 제각기 자신의 방식대로 힘껏 울부짖는다. 소리의 울림은 다르지만, 애환이 스며들어 있다. 여름벌레는 부단히 살아가는 우리의 초상이다.

분갈이

♦

'반려식물'이라는 말이 있다. 움직이지 못하는 식물이라도 생명을 가진 것을 곁에 두고 마음을 다해 기르다 보면 애정과 책임감이 생긴다는 의미일 테다.

어느새 집에는 십여 종이 넘는 식물이 자리 잡고 있다. 다소 삭막해 보였던 흰 공간에 연녹색이 더해지니 자연 안에 있는 기분이 들어 좋다. 화분 속 식물이 그냥 자라는 것처럼 보여도 식물 돌보기란 보통 일이 아니다. 시간 맞춰 햇볕이 잘 드는 창가로 옮겨야 하고, 광합성을 위해서는 집안 환기도 자주 해야 하며, 시시때때로 화분의 특성에 맞춰 수분도 보충해 줘야 한다. 이런 조건들을 세심하게 잘 맞춰주면 식물은 잘 자란다. 관심을 가지고 식물이 자라는 모습을 지켜보다 보면 그 과정이 우리의 인생과 닮았다는 생각이 든다. 갓 태어난 아기가 첫 숨을 내쉬기 위해 울음을 터뜨리듯, 식물도 무거운 흙을 뚫고 첫 새싹을 틔우기 위해 무던한 시도를 하고 비로소 고개를 내민다. 충분한 관심과 영양분을 섭취한 아이가 잘 자라듯이 식물도 필요한 양분을 충분히 받는 경우에는 쑥쑥 자라지만, 그렇지 못한 경우에는 발육이 더디다.

그러나 문제는 그다음이다. 성장을 거듭할수록 토양에 양분이 부족해지고 뿌리가 뻗어 나갈 수 있는 공간이 점점 없어진다. 이때 알맞은 시기를 보아 더 큰 화분으로 옮겨 심어야 한다. 그대로 두었다간 시름시름 앓고, 너무 추운 날 옮기면 부작용으로 죽을 수도 있다. 그 이치는 마치 우리가 더 큰 곳으로 나아가기 위해 도약하는 일과 비슷하다.

예전에 아라카 야자라는 식물을 키운 적이 있었다. 잎에 생기가 없어 보여 뒤늦게라도 분갈이를 하려고 줄기를 들쳐 올렸는데, 뿌리가 얼마나 빼곡하던지 가련하기 짝이 없었다. 그 모습은 더는 자라날 공간이 없는데도 이리저리 비집고 틈을 찾아 헤매던 지난날의 나를 연상케 했다. 언젠가부터 변화하는 일이 두려워서 삶의 반경 안에서만 최선을 다했다. 매일 한정된 공간 안에서 새롭게 뿌리내릴 자리만 찾았던 것이다. 그리고는 '물을 주고 열심히 가꾸는데 왜 더 자꾸만 시드는 걸까'라며 나 자신을 책망했다.

　이유는 다른 데 있었다. 나를 담은 화분이 이제 나를 담기에 너무 작아진 것이다. 한 단계 더 나아가기 위해 때때로 자신의 주변과 시야를 더 넓혀야 할 때가 있다. 물론 시기가 적절하지 않거나, 또 다른 이유로 잘 풀리지 않을 수도 있지만 그 선택은 어디까지나 자신의 몫이다.

3장

그저 곁에 있어줄 뿐

정의할 수 없는

♦

    나는 만날 우울을 품고 살지언정, 주변 사람들까지 모두 그렇지는 않다. 매사 긍정의 자세로 임하는 밝은 친구들도 꽤 있다. 한번은 안 좋은 일로 인해 기운이 쭉 빠진 날이 있었다. 그 사정을 잘 아는 H가 기분을 풀어주겠다며 나를 밖으로 불러냈다. 일껏 오래간만에 어린아이가 된 듯 신나게 놀다 보니, 거짓말처럼 아무런 생각도 들지 않았다. 그리고 집으로 돌아가기 전에 건넨 진심 어린 한마디가 낙담하고 체념했던 내 마음을 울렸다.

"순조롭게 다 잘 풀릴 거야."

반대로 그 친구가 힘든 적도 있었다. 좀처럼 나아지지 않는 상황에도 불구하고 웃으며 힘든 내색조차 하지 않는 모습이 안쓰러워 보였다. 조심스레 잠시 내려놓아도 괜찮다고 조언했다. 덕분에 H도 '희망'이라는 강박에서 조금은 벗어날 수 있게 되었다.

어쩜 우리는 서로가 부족한 부분을 잘 채워주면서 사는지도 모른다. 낮과 밤이 모여 하루가 되고, 음과 양이 조화를 이루어 음양이 되듯, 상반된다고 해서 어울릴 수 없는 것은 아니니까.

취향이나 성격이 비슷하다고 해서, 감정의 온도가 같다고 해서, 그 사람이 나와 잘 맞는다고 장담하기는 힘들다. 어느 정도 형성된 공감대로 쉬이 가까워질 수는 있어도, 나중에는 불화가 생겨 어긋나버릴 수도 있다. 실지로 그 사람이 어떤지는 결국 오래 만나봐야 안다. 정반대의 성향을 가진 이들도 마찬가지다. 선뜻 다가가기는 쉽지 않으나, 막상 알고 지내다 보면 의외로 죽이 잘 맞을 수도 있다.

헤아려 생각해 보건대

대체로 사람을 이어주는 것은

성격이나 취향과는 다른 무언가이다.

그 연분에 관해서는

글이나 말로 표현하기가 쉽지 않다.

두 사람만 알고 있는 감정이니까.

인간의 본성

♦

해와 달이 바뀌어도
새로운 시대가 도래해도
하루가 달리 세상이 다 변해도
변하지 않는 것이 하나 있다.

'사람'은 그대로다.

그저 곁에 있어줄 뿐

아프다고 말했다
괜찮지 않을 걸 알면서도
괜찮다고 말했다

힘들다고 울었다
나아지지 않을 걸 알면서도
조용히 토닥여주었다

살아 보니
막상 알면서도 해줄 수 있는
일이 별로 없다

수시로 변하는 마음

♦

지루함을 느끼지 않는 관계는 별로 없다. 누군가와 함께 하는 시간이 한없이 즐겁다가도, 계속 붙어 있다 보면 무덤덤해지기 마련이다. 사람의 감정은 매일 변하는 기온처럼 수시로 오르락내리락한다.

친구 여럿이서 여행을 간 적이 있다. 새로운 곳에 대한 설렘과 재밌는 추억거리를 쌓을 수 있다는 기대감이 극에 달해 출발하기 전부터 흥분을 주체할 수 없었다. 첫날은 저절로 콧노래가 흘러나올 정도로 좋아서 이런 게 '힐링' 인가 싶었다. 일상에서 받았던 스트레스가 정화되는 기분 이랄까. 정말이지 가진 에너지를 다 쏟아버릴 정도로 마음 껏 먹고 마시면서 놀았다.

하지만 문제는 다음날부터 찾아왔다. 기력을 다 소진한 탓에 분위기는 많이 가라앉았고, 여행지를 보는 둥 마는 둥 점점 지쳐만 갔다. 급기야 마지막 날에는 컨디션이 최악으로 치달아 다들 집으로 돌아가고픈 마음으로 가득했다.

남녀관계도 크게 다르지 않다. 처음에는 설렘으로 콩닥콩닥 가슴이 고장 난 것처럼 뛰지만, 언제 그랬냐는 듯 편안한 일상으로 돌아온다. 오죽하면 감정을 지키는 일이 세상에서 가장 어려운 약속이라 말할까. 그래서인지 '영원하자', '변치 말자'와 같은 현실과 동떨어진 사탕발림들을 그리 좋아하지 않는다.

서로가 익숙해진다는 것은
편안함을 느낄 수 있음과 동시에
감정도 무뎌지는 일이다.

처음에 품었던 마음을 온전히 지킬 수 있는 사람은 얼마 되지 않을 테니까. 그러니 변한 자신에 회의감을 가지기보다는, 차라리 받아들이는 편이 좋을지도 모른다.

어떤 관계든 신선한 자극거리나
조금은 거리를 유지할 필요가 있다.

그건 함께하는 이들과 오랫동안 만나고 싶어서다.

착각

♦

그 사람을 잘 안다고 믿었는데
정작 아무것도 모르고 있었다.

고장 난 감정

◆

웃고 싶으면
입꼬리를 올리며 실컷 웃어도 된다더니
이제는 실없어 보인다고 웃지 말래

울고 싶으면
언제든 소리 내어 펑펑 울어도 된다더니
이제는 불쌍해 보인다고 울지 말래

말하고 싶으면
솔직하게 속마음을 다 털어놔도 된다더니
이제는 그런 말은 안 해도 된대

무슨 뜻인지는 다 알아

그렇지만 '적당히'가 너무 어려운걸

모든 것을 이해할 수는 없어

♦

타인은 나를 이해하지 못하고, 나도 타인의 마음을 이해하지 못한다. 온실 속에서 자란 화초와 황야에서 자란 잡초처럼 환경의 차이가 있다면 더더욱 서로를 알아가기 어렵다. 행여 마음을 알아줄 거라는 기대에 넋두리를 내뱉어본들 열에 아홉의 경우 고적함만 더할 뿐이다.

다만 끊임없이 이해해 보려고 노력할 수는 있다.
그 정도에 따라 깊이가 형성되어 관계가 두터워지니.

지나친 배려는 독이 된다

♦

결정하는 데 시간이 오래 걸리는 친한 친구 둘과 종종 모인다. 만나자마자 으레 주고받는 대화는 한결같이 뭘 할지, 뭘 먹을지다. 서로에게 선택권을 미루다 보니 똑같은 이야기만 메아리처럼 되돌아온다. 간혹 답답한 마음에 내가 총대를 메고 선택지를 알려주기도 한다. 귀중한 시간을 이런 일로 허비하고 싶지 않아서다.

우스꽝스러운 상황은 계속 이어진다. 예컨대 식당에서는 편한 자리를 양보하려 하니 앉는 데도 시간이 지체되고, 나갈 때는 서로 먼저 계산을 하려 하니 진풍경이 따로 없다. 그런 순간들이 연이어 쌓이면 모두가 지칠 수밖에 없다. 아무리 상대를 위하는 마음에서 우러나온 배려일지언정 당사자가 불편해져서는 안 된다. 한 번은 거절하고, 두 번은 마지못해 받아주라는 말이 그냥 나오지는 않았을 테다. 실지로 일본에서는 운전할 때 서로에게 양보만 하다가 갈팡질팡하여 사고가 나는 경우도 있다고 한다.

배려도 지나치면 독이 될 수도 있다. 무조건적인 배려보다는 합리적인 배려가 더 나을 수도 있다. 그 적당함을 어떻게 유지할지는 매일 던져지는 숙제다.

가장 아팠던 말

♦

상대가 나로 인해 힘들어서 울먹일 때는 무슨 말을 해줘야 할지 당최 모르겠다. 더 아파할까 봐, 선뜻 등을 토닥이며 위로를 건네기도 쉽지 않다. 명치 아래에서는 표출할 수 없는 감정들이 모여 쓰라린 통증이 느껴지고, 머릿속은 시간이 정지한 것처럼 시허옇다. 그럴 때는 정말이지 내가 보잘것없이 느껴진다.

도대체 사람의 마음은 뭘까. 잘 안다고, 잘하고 있었다고 줄곧 믿어왔건만, 상대는 설움에 북받쳐 눈물을 흘린다. 우리는 마치 고장 난 컴퓨터 같다. 당연한 듯 명령어를 입력해도 에러가 나서 프로그램은 실행되지 않고, 제아무리 백신을 갱신해본들 새로운 바이러스가 등장해 우리를 괴롭힌다. 실수를 반복하고 싶지 않아 더욱더 잘하려고 노력해도, 마음은 또 쉽게 따라주지 않는 것처럼 말이다. 다들 겉으로는 괜찮은 것처럼 보여도, 알면 알수록 참 불완전한 존재 같다.

지금껏 누군가를 수없이 울렸고, 나는 삭힐 수밖에 없는 슬픔에 속으로 울었다. 물론 타인으로 말미암아 내가 아픈 적도 있다. 그렇게 서로가 가시넝쿨처럼 얽히고설켜 주고받은 상처는 돌이킬 수 없는 흉터로 남아 오랫동안 지워지지 않기도 한다.

하지만 그 자국이 꼭 받는 쪽만 생기는 것은 아니다. 예전에 본의 아니게 누군가를 힘들게 한 적이 있었다. 당시 서럽게 울던 모습이 아직도 뇌리에 박혀 쉬이 잊히지 않는다. 차라리 내가 아팠으면 좋겠다고 생각할 정도로 마음이 편치 않았다.

그때 상대가 울부짖으면서 내게 말했다.

"전부 네 탓이야."

　대못을 가슴에 대고 망치로 탕탕 내리치는 충격이 전해
져왔다. 하도 깊숙이 박히는 바람에 장도리로도 뽑아낼 수
가 없었다. 사실이든 아니든 내 탓이라는 자책감에 몹시
괴로웠다. 결국 파국으로 치달은 우리의 관계는 얼마 지나
지 않아 종지부를 찍었다.

　이제는 꽤 오랜 세월이 흘러
　빛바랜 일이 될 만큼 희미해졌지만,
　그때 그 한마디는 지금도
　오만 가지 감정과 함께 선명하게 기억난다.

척척척

♦

다들 겉은 번지르르해

항상 무언가 있는 척
여전히 잘 지내는 척
자신에 취해 고고한 척

하지만 보이는 게 다가 아니야
실상과 달리 마음은 가난할지도 몰라

모두 자신의 결핍과 치부를
구태여 드러내고 싶지는 않으니까

아닌 척하고 싶지 않아

사실 나도 그래

가깝고도 먼

◆

시도 때도 없이 핸드폰 진동 소리가 윙윙 울려댄다. 막상 확인해보면 어디서 보냈는지도 모르는 무의미한 광고가 절반 이상이다. 문자 한 통이 기다려지던 시절이 있었는데, 이제는 그런 마음조차 사라져버린 지 오래다. 나이가 들수록 뜨거웠던 기분이 차차 미적지근하게 식어가는 기분이랄까.

사회생활을 하면서 사귐의 횟수는 늘어나지만, 그 관계를 전부 유지할 수 있는 여력이 없다. 주로 필요에 의해 연락하는 일이 대부분이고, 어쩌다가 한 번씩 안부를 묻는 정도다. 한번은 수년간 깜깜무소식이던 지인이 모바일 게임 메시지로 자신의 소식을 알려주었다. 한때는 꽤 친했었는데 흘러간 세월과 함께 기억도 희미해져버렸다.

　매일 얼굴을 맞대고 동고동락하던 사이도, 언제든 만나도 웃음이 끊이지 않던 사이도, 엎드리면 코 닿을 데 살지언정 각자의 삶에 충실하다 보면 만나는 일이 참 쉽지 않다. 그렇지만 우리가 결코 친하지 않은 사이는 아니다. 몇 년 만에 걸려온 전화에 너무도 반가워 두 시간 넘게 통화하기도 한다. 늘 기약 없는 만남을 약속하지만, 성사되기 어렵다는 것을 잘 안다. 그럼에도 서로의 처지를 이해하기에 그 일을 탓하지는 않는다.

　갈수록 그런 관계는 점점 늘어만 갈 테다.
　우리는 참 가깝고도 먼 사이다.

할 수 없다는 말

◆

심사숙고하여 내린 결정은 웬만해선 번복하지 않으려 노력한다. 유학길에 오를 때도, 사업을 시작할 때도, 작가의 길을 걸어보겠다며 책을 낼 때도 마찬가지였다. 하지만 주변에서는 나의 선택을 존중해주는 이들보다 우려의 목소리를 내는 이들이 더 많았다.

"네가 정말 포기하지 않고, 잘할 수 있을까?"
"너를 위해서 하는 말인데, 다시 고민해보는 게 어떨까."

진심 어린 걱정에서 우러나온 '나'를 위한 말은 그냥 지나치기가 쉽지 않다. 그런 말들 하나하나가 시나브로 내 안에 스며들어오더니, 어느 순간 받아들일 수 있는 양을

초과하여 넘쳐흐를 지경까지 이르렀다. 가슴속 어딘가에
는 나를 의심하는 불씨가 꿈틀꿈틀 피어오르기 시작했다.

'좀 더 깊이 생각했어야 했나.'
'정말 포기해야 하나.'

이루어 말할 수 없을 정도로 착잡한 심정이었다. 솔직히
응원까지는 기대하지 않았지만, 충고나 조언을 듣고 싶지
도 않았다. 아무 말도 하지 않으면, 나중에 서운해할 것 같
아 사실을 전한 것뿐이었다.

심지어 나의 말이 허언이라고 은근슬쩍 조롱을 받기도
했다. 대개 사람들에게 비친 '나'라는 존재는 신뢰보다 불
신이 더 컸으며, 이러이러해서 안 된다는 이유만 조목조목
많았다. 오죽했으면 여태까지 인생을 잘못 살아왔다는 생
각까지 들었을까.

제아무리 불가능해 보일지라도 상대에게 "할 수 없어."라는 말은 아끼는 편이 좋다. 품었던 우려가 훗날 현실이 될 수 있다는 것쯤은 당연히 알 뿐더러, 왜 안 되는지 세세히 따지다 보면 정말 끝도 없다. 그런데도 결심을 강행하겠다는 의지는 그만한 불안 요소까지 다 감안한 것이다. 일을 그르치더라도 선택의 책임은 결국 본인이 저야 할 무게이니까.

지금에 이르러 돌이켜보면 정작 맞는 말들도 많았다.
하지만 그만치 나의 가능성도 보지 못했던 것 같다.

이해관계

♦

　사업 수완이 뛰어난 지인 C가 있다. 열정 또한 얼마나 뜨거운지 밤낮으로 부단히 노력한다. 더구나 삶의 모토는 오로지 '성공'이다. 만나는 사람마다 지금 행하고 있는 것들이 얼마나 의미가 있는지 누차 역설한다. 그리하여 나도 예전에 새로운 일을 시작하기에 앞서 조언을 구한 적이 있었다. 역시나 기대했던 만큼 그 상황에 도움이 되는 이야기를 알려주었다. 다만 조금은 씁쓸한 기분이 들었던 말이 있었다.

　"필요에 의해 맺어지는 목표 지향적 비즈니스 관계는 참 깔끔해. 상대가 원하는 것을 지속해서 준다면 그만큼 끈끈해지지만, 원하는 것을 주지 못한다면 가차 없이 날카로운 칼로 끊어버리지. 불필요한 감정 소모가 덜한 편이라 이런 관계가 나는 참 좋아."

솔직히 부정할 수는 없었다. 어느 정도 사회생활을 해본 사람이라면 누구나 알고 있는 사실이다. 겉으로는 위해주는 척, 잘해주는 척해도, 속마음은 다를 수 있다. 공동의 이익을 목적으로 만난 관계는 서로가 윈윈해야만 순조롭게 이어나갈 수 있으니까. 하물며 대부분 일이 마무리되고 난 후에는 기억 속에서 사라지는 경우가 태반이다.

『손자병법』에도 오월동주吳越同舟라는 말이 있다. 오나라와 월나라 사람끼리는 견원지간처럼 사이가 안 좋으나, 배를 타고 강풍을 만났을 때는 미워하는 마음을 거두고 살기 위해 서로 협력한다는 뜻이다. 즉 적대관계에 있는 이들도 이해관계로 힘을 모을 수 있다는 이야기다.

한데 나는 그런 관계를 선호하는 편은 아니다. 관계가 오로지 필요에 의해 맺고 끊음이 확실하다면, 삶이 너무

삭막하기만 할 테다. 처음 시작이 어떻든 드물게 좋은 인연으로 발전할 수도 있으며, 사람과 사람 사이에는 이해관계보다 더 중요한 무언가가 있다고 믿는다. 득실의 여부를 떠나서, 내어줄 수 있다는 마음과 그만한 신뢰가 아닐까 싶다.

　근래에 들어서는 C를 만나지 못했다. 그의 입장에서는 최근 하던 일을 대부분 그만둔 나와는 이해관계가 형성될 수 없어서 그럴지도 모르겠다. 하지만 별로 서운한 마음은 없다. 그는 자기의 하루를 충실히 살아가고 있을 뿐이니까.

지나친 관심

♦

대중매체와 인터넷이 발달할수록 그만치 소식을 빨리 접하게 되니 우리는 점점 자유롭지 못하게 된다. 특히 세간의 주목을 받는 유명인이라면 더더욱 그렇다. 실수하거나 화젯거리가 있으면 앞다퉈 이슈를 만들어 하루가 멀다고 연일 보도한다. 하늘 아래 다 똑같은 사람이거늘 공인이라는 명목으로 유독 잣대가 까다롭다.

이미 자비는 사라진 지 오래다. 댓글창에 욕설이 난무하는 건 예삿일이고, 심지어 '죽어라' 하는 말까지 서슴지 않는다. 마치 단두대에 올려놓고서 그걸 멀찌감치 지켜보는 군중들이 형 집행을 부추기는 판국이다. 슬쩍 훑어보는 것만으로도 섬뜩하고 무서운데 당사자의 심정은 오죽할까.

지나친 관심은 맹독을 묻힌 화살로

활시위를 당기는 것과 같다.

그건 상대를 죽일 수도 있는 위력이다.

결코 평범하지 않은 말

♦

대학교를 갓 졸업한 후 반 년을 무기력하게 지냈다. 일이 너무 풀리지 않아 자괴감에 휩싸여 방구석에 박혀 있는 날이 부지기수였다. 지인들이 간간이 인사치레로 근황이라도 물어올 때면, 내 마음은 크게 요동쳤다. 솔직히 어디론가 숨고 싶었다.

"요즘 뭐해?"
"앞으로 어떻게 할지 생각 중이야."
"그렇다고 해서 아무것도 하지 않으면 안 돼."

매번 똑같은 조언이나 응원을 들어야 했다. 그때는 정말 구태여 꼭 무언가를 하고 살아야 하는지 되묻고 싶었다.

어떤 상태인들 그저 있는 그대로를 받아주면 안 되는 것일
까.

  일 년에 두 번뿐인 명절에도 귀에 박힐 정도로 많이 들어
온 말들이 있다. 대학은 합격했니, 취업은 어디 했니, 결혼
은 언제 하니, 아기 소식은 왜 없니, 뭐가 그리 오지랖이 넓
은지 걱정한답시고 가볍게 말을 내던진다. 진정 서로를 위
한다면 아픈 곳은 건드리지 말고 보듬어주어야 할 텐데,
헐뜯기 바쁘다. 지나친 간섭과 참견은 관계를 악화시킬
뿐, 아무 말도 하지 않는 것보다 못하다.

  요즘은 흔히 말하는 평범한 삶의 기준인 대학, 취업, 결혼
을 모두가 하지는 않는다. 오로지 자신만을 위해 사는 이
도 있고, 평범한 삶을 원하지만 꿈처럼 멀게만 느껴지는
이도 있다. 어쩌면 그런 잣대 자체가 잘못된 것일지도 모
른다. 자신이 살아온 경험을 바탕으로 모두가 똑같다는 생
각을 해서는 안 된다. 예컨대 모든 가정이 한 지붕 아래 화
목하게 지내는 건 아니다. 내가 아는 지인 A의 부모님은

일찍이 이혼하시고, 각자 새살림을 차리고 사신다. 그러다 보니 A는 미웠던 마음과 부담을 주고 싶지 않았던 마음 반반으로 자연스레 연락을 끊고 독립해서 산 지 오래다. 그의 깊은 심정까지는 헤아릴 수 없으나, 얼마나 힘든 선택이었을지 구태여 묻지 않아도 그 마음이 전해져온다. 하지만 A는 그런 사실보다 타인이 가족에 관해 물어올 때 더 힘들다고 했다. 정작 자신은 무덤덤한데, 솔직히 털어놓자 질문 세례가 쏟아진다. 나중에는 일일이 대답하기도 귀찮아져서 대충 거짓말을 둘러대고 얼버무린다.

  참 이상하게도 우리는 대개 부모님이 어떤 사람인지 궁금해한다. 어떻게 보면 초면에 그런 질문은 실례가 아닐까. 오랫동안 이야기를 꺼내지 않는다면 그만한 이유가 있지 않을까. 가정이 화목하고 평안하다면 일상에서 묻어 나오는 것처럼.

자신에게는 가볍지만,

상대에게는 무거울 수도 있는 말.

그 사실을 인지한 순간부터는

그만큼 조심스러워야 한다.

무심코 내뱉은 말이 상대에게

크나큰 고통을 줄지도 모르니까.

관계라는 이름의 나무

♦

"요즘 들어서는 새로운 친구를 사귀는 일이 너무 힘들어."

"취미에 관련된 동아리 활동을 해보는 게 어때?"

"음, 마음만 먹으면 언제든 만날 수야 있지. 다만 나이가 들수록 알 수 없는 거리가 생기는 거 같아. 너희처럼 믿음을 주기가 참 쉽지 않아서 좀 친해졌다 싶어도 겉도는 느낌이 강하다랄까. 그러다 보니 관계의 폭도 점점 좁아져."

우리는 말없이 고개를 끄덕거렸다. 나날이 아는 사람은 늘어가지만, '친구'라 부를 수 있는 허물없이 지내는 이들은 줄어든다. 서로 간의 신뢰는 절대 하루아침에 만들어지지 않을 뿐더러 유지하기도 힘들기 때문이다.

관계의 시작은 묘목을 땅에 심는 일과 같다. 처음 만난 낯선 사람을 경계하는 것처럼, 튼튼하지 않은 어린나무는 작은 충격에도 부러질 위험이 있으니 주의를 기울여야 한다. 밑동이 굵어지기까지는 기나긴 세월이 필요하다. 그 과정에서 말이라는 도끼날로 처참하게 베어지거나, 연락이 끊겨 시들어버리기도 한다. 모든 변수와 세찬 비바람을 이겨내고 정성껏 가꾸어야 비로소 아름다운 자태를 뽐내는 거목이 된다.

내 마음속 정원에는 푸르른 수목보다 시들거나 베어진 나무가 더 많다. 그루터기에 새겨진 나이테의 수는 내가 받은 상처의 크기를 적나라하게 보여준다. 우리는 언제든 나무가 죽을 수 있다는 사실을 망각한 채로 너무 안일하게 생각했었다. '설마, 설마' 하다가 그 설마가 결국 사람을 잡고야 만다. 이미 벌어지고 나서 후회해본들 돌이키기는 너무 어렵다.

지금껏 수없이 묘목을 심어왔고, 이런저런 이유로 수많은 나무가 죽어갔다. 그때마다 함께했던 만큼 상실감이 커서 슬픔에 잠기곤 했다. 그래서인지 새로운 누군가를 만나는 일이 예전보다 더 조심스럽다,

무엇보다 키워놓은 나무가
또 죽어버리면 마음이 아프니까.

당연하지 않아

한 번 져주고 양보해 주니
또 그래도 되는지 안다
고마운 줄도 모르고

서운함을 담을 수 있는
그릇을 다 채우고 나면
더는 받아줄 수 없을 텐데

피에로

♦

빨간 피에로는 웃는다

관객들은 웃는다

주황 피에로도 웃는다

관객들은 웃는다

노란 피에로는 배를 잡고 웃는다

관객들은 웃는다

초록 피에로는 웃지만 슬퍼 보인다

관객들은 웃는다

파란 피에로는 슬퍼 보이지만 웃는다
관객들은 웃는다

남색 피에로는 너무 웃겨서 눈물을 보인다
관객들은 웃는다

보라 피에로는 마지못해 웃는다
관객들도 웃는다

사실 관객들도 피에로
여기는 피에로 세상

필연

♦

때로는 말이야.
피할 수 없는 무언가가 있어.

아무리 발버둥치고
벗어나려 노력해도
기어이 찾아오기 마련이지.

다 괜찮다

♦

아버지는 힘든 일이 생길 때마다, 더 힘든 사람과 비교하
며 괜찮다고 타일러주셨다. 한데 상황은 더 악화되어갔다.
급기야 따뜻하게 잘 수 있는 공간과 날마다 먹을 수 있는
음식이 있다는 것만으로도 충분하다고 하셨다. 내가 무언
가를 개선하려는 움직임을 보여도 부정적인 말로 핀잔을
주기 일쑤였다. 그로 인해 너무나 큰 갑갑함을 느꼈다. 부
자지간임에도 불구하고 정반대의 성격과 성향으로 자주
부딪혔다.

반항기 가득했던 10대에는 "다 괜찮다."라는 말이 너무
싫었다. 나에게 집이란 그저 잠만 자는 공간이었다. 방과
후나 주말에는 바깥에서 친구들과 시간을 보냈다. 슬픔의

늪에서 최대한 멀리 도망치고 싶었던 건지도 모른다. 스무
살이 넘어서는 계속 객지 생활을 했다. 이기적으로 들릴지
도 모르지만, 내가 숨을 못 쉬고 죽을 것만 같아서였다.

　하지만 오랜 세월이 흐른 지금에 이르러서야 비로소 아
버지의 심정을 조금은 알 것만 같다. 자신이 이룬 가정을
지키고 싶어 물이 새는 둑을 억지로 혼자 막고 계신 거였
다. 점점 무너져가는 상황 속에서도 더 악착같이 버텨야
하는 강박에 끊임없이 괜찮다고 자기 암시를 하면서 말이
다.

서서히 멀어지는 관계

♦

B는 내게 만남을 피하게 되는 사람이 있는지 물었다. 곰곰이 생각해봐도 마땅히 떠오르는 이가 없어 무슨 연유인지 되물었다. 그러자 만남보다 문자가 편해진 친구가 있다며 털어놓았다.

분명 학창시절에는 허물없이 친한 사이였다. 한데 떨어져 지낸 기간이 너무 길었던 탓일까. 모처럼 만난 둘은 너무나도 다른 모습에 어색해했고, 여태껏 없었던 불화도 싹트기 시작했다. 주로 예전에는 B가 친구에게 많이 양보해가며 맞춰주었지만, 이제는 B도 좋고 싫음에 관한 의사표현이 명확해졌다. 그래서 아니다 싶은 점을 솔직하게 몇 번 피력했을 뿐인데, 친구는 자신을 아랫사람 보는 듯

대했다. 당연히 기분이 불쾌해질 수밖에 없었다. 결국 나중에 가서는 한바탕 크게 싸우고 말았다고 한다.

그럼에도 참 희한하게도 다시 전화나 문자를 하다 보면, 언제 그랬냐는 듯이 아무렇지 않게 평소처럼 이야기를 주고받는다는 것이다. 하지만 되도록 그 친구와 실제로 만나는 일은 피하려고 한다고 했다. 또다시 다툼이 생길 것이 불 보듯 뻔해서다. 이런 애매모호한 관계가 언제까지 이어질지는 모르나, 아마도 지금은 서서히 멀어지는 수순을 밟고 있는 단계 같다며 속내를 전했다.

그제야 왜 내게 그런 말을 했는지 수긍이 갔다. 비단 B만 겪고 있는 상황은 아니었다. 주변에서도 그런 식으로 점점 멀어져가는 친구들이 많다. "왜 쟤는 변하지 않는 거지.", "왜 쟤는 변해버린 거지."라며 서로에게 불만을 토로한다. 많은 추억을 켜켜이 쌓아 올리는 데에는 오랜 시간이 걸리지만, 그에 비해 멀어지는 일은 한순간이다.

세상의 모든 사람이 항상 변하지 않고,

언제나 같은 자리에 있을 수만은 없다.

설령 오랜 세월이 흘러 만난 이가

친했던 시점에 알던 모습이 아니라도,

함께하기 위해서는 어느 정도 이해와 포용이 필요하다.

그러지 않고서는 아무리 좋았던 관계라도

깨지기 마련이니까.

말의 울림

♦

누군가를 바꾸기 위한 말은
목적만 내비쳐서는 안 된다.

진심이 담긴 감정의 울림이
상대에게 전해져야
비로소 힘을 가진다.

최고의 장점은

누군가가 내게 물었다

너의 장점이 뭐냐고

나는 말했다

나의 부족함을 아는 것이

나의 장점이라고

알고 보면 슬픈 말들

♦

될 사람은 뭘 해도 되고
안 될 사람은 뭘 해도 안 된다.

오는 데는 순서가 있어도
가는 데는 순서가 없다.

무소식이
희소식이다.

집착이라는 병

♦

자신보다 누군가를 위한 마음이 클 때
그 감정을 억지로 지키려 하면
집착이라는 병이 찾아온다.

그건 상대도 나도 미치게 하는
감정임이 틀림없었다.

4장

눈물을 참는 법

회자정리

♦

    그 사람의 생이 어땠든 간에, 나의 마음을 준 누군가를 떠나보내는 일은 항상 힘들기만 하다. 장례를 치르고 화장을 한 뒤에는 살짝만 건드려도 다 으스러져버릴 앙상한 감정의 뼈만 남는다. 기억 속에 오롯이 남아 있건만, 생전의 모습은 어디로 사라져버린 걸까. 말을 할 수도, 체온을 느낄 수도 없다. 슬픔보다 가슴이 먹먹해지는 충격이 먼저 다가온다.

    나이가 들수록 이별해야 하는 일들이 점점 늘어간다. 예기치 않은 소식에 감당할 수 없는 비통함에 빠지기도 하며, 망연자실한 상대방을 위로해줘야 할 때도 있다.

만남이 있으면 헤어짐이 있다는 말은
생각했던 것보다 너무 혹독하게 아픈 것 같다.

언제가 마지막이 될지도 모르는 삶
함께할 수 있음에 감사하며 살아야겠다.

기억의 대비

♦

헤어나올 수 없는 절망의 나락으로 빠졌을 때, 간간이 떠오르는 행복한 기억이 그리 아플 수가 없다. 그래서인지 이제는 기쁨을 온전히 만끽하지 않는다. 또다시 감정이 대비되어 아플까 봐.

이별은 마음을 준 만큼 아프고, 나락으로 치달을 때는 올라갔던 만큼 아프다. 제아무리 화려한 순간도 지나가고 나면 찰나라고 느낄 만큼 공허하다. 하루하루를 최고의 날로 살 수만은 없다. 오르락내리락하는 이 삶에서 내가 선택한 방법은 감정의 격차를 줄이기 위해 조금은 미지근하게 사는 것이다.

그래도 모두 다

그렇다는 건 아니다.

때로는 순간의 기억 하나만으로도

버티고, 살아갈 수도 있으니까.

헛된 노력

♦

계란으로 바위 치기가
어림도 없다는 것은 불 보듯 뻔해
결국에 가서는 나만 더 힘들 뿐이야.

그 바위가 무엇이든 간에
깨부수기 위해서는
내가 더 큰 바위가 되어야 해.

무너지고 또 일어서고

♦

함정 근무를 하던 시절, 바다 한가운데에서 태풍을 맞닥뜨린 적이 있었다. 세찬 비바람에 선체가 좌우로 크게 흔들거려서 중심을 잡고 서 있는 일조차 버거웠다. 집채만 한 파도는 배를 집어삼킬 만큼 시시로 밀어닥쳐 왔다. 창 너머에는 영화에서나 볼 법한 장면이 펼쳐졌고, 간담이 써늘해지는 순간의 연속이었다.

그렇게 한 서너 시간이 흘렀을까. 맹위를 떨치던 비바람은 늘 그랬듯이 약해졌다. 할퀴고 간 흔적은 그대로 남아 있지만, 물결은 처음부터 불어오지도 않은 것처럼 너무도 잔잔했다. 기분이 참 오묘했다.

돌이켜보면 내 삶에도 무수히 많은 태풍이 지나갔다. 누군가 미리 예보라도 해줬으면 좋았을 텐데, 거의 급작스럽게 몰아쳐 왔다. 고통의 정도는 기압이나 풍속의 크기에 따라 달랐다. 별 피해를 보지 않고 무탈하게 지나간 경우가 있는 반면 미처 대비하지 못해 쑥대밭이 되어버린 적도 있었다. 그럴 때는 정말이지 나를 둘러싼 수많은 것들이 변하기 시작했다. 아니, 변한 것이 아니라 여태껏 알아볼 수 없었을 뿐이었다.

실체는 서서히 드러나기 시작했다. 웃음 속에 감춰져 있던 가식적인 이들, 그 와중에 손을 내밀어주는 몇 안 되는 진정한 친구, 허상이었던 대부분의 믿음 같은 것들 말이다. 망연자실한 채로 폐허로 변한 잔해더미 속에서 드높은 하늘을 멀뚱히 바라보는 심정이었다.

참 우습게도 나는 출구가 보이지 않는 절망감에 휩싸여 삶의 끝을 고민하는데, 바깥은 어제와 별반 다르지 않았다. 이 망막한 세상에서 나 하나 없더라도 전혀 문제될 것은 없다는 생각이 들었다. 누군가가 분명 나의 자리를 대신할 수 있을 테고, 우리의 하루를 만들어주는 무수한 톱니는 여전히 잘 돌아갈 것이다. 힘들든, 아프든, 슬프든, 즐겁든 그 감정들은 나와 주변인들만 기억할 뿐이다.

  언젠가 또다시 내 삶에 큰 태풍이 불어올 수도 있다. 만일 무너져야 하는 순간을 피할 수 없다면, 공들여 쌓아온 돌담이 와장창 무너지듯 일순간이 좋을까. 마음의 준비를 할 수 있도록 천천히 닳고 닳아 해지는 쪽이 좋을까. 어느 쪽이든 간에 별로 마주하고 싶지 않은 건 분명하다.

 하지만 중요한 것이 있다.
 다시 일으켜 세울 수 있는
 일말의 여지가 남아 있는지 여부다.

확고한 의지

◆

확고한 의지가 있는 사람은

그렇지 않은 사람보다

눈앞에 닥친 어려움에 개의치 않고

더 빨리 앞으로 나아갈 수 있다.

선택의 무게는 비례하지 않는다

♦

(1)

공연스레 궁금하다.

우리가 선택을 하는 건지.

아니면 애초부터 정해져 있는 건지.

(2)

지금 가는 이 길의 끝에는 뭐가 있을까.

결말을 미리 알았다면

애초부터 여기로 오지 않았을까.

시간이라는 도로를 달리는

나의 자동차에는 브레이크가 없다.

하물며 액셀을 밟지 않았는데도 속도는 점점 빨라진다.

그럴수록 방향을 바꾸는 일이 쉽지 않아

너무한 것 아닌가 하는 생각이 든다.

(3)

조그마한 나비의 날갯짓이 지구 반대편에서는 폭풍을 일으킬 수 있다는 카오스 이론. 마구잡이로 뒤죽박죽 다 섞어놓은 것처럼 보이는 이 혼돈의 세계에도 나름의 질서가 있다고 생각하니 신기할 따름이다. 어찌 보면 무심결에 한 사소한 결정이 나를 비롯하여 주변 사람들의 인생까지 지대한 영향을 끼칠지도 모른다. 평소보다 조금 늦은 출발이 간발의 차이로 사고의 위험을 피하게 만들고, 스치듯 우연히 만난 인연이 결실을 맺어 가정을 이루고, 고심 끝에 찍었던 한 문제로 인해 회사에 입사하거나 시험에 붙는 일 등. 인지하지 못하는 아주 작은 선택일지라도, 한 사람의 미래를 송두리째 바꿔버릴 수 있는 무시무시한 힘을 가지고 있다.

영화 〈나비효과〉는 이러한 현상을 보여준다. 자신의 일기장을 통해 과거로 돌아가서 다른 선택을 할 수 있다는 것을 알게 된 주인공 에반은 불우한 현실을 바꾸기 위해 몇 번이고 시간 여행을 시도한다. 하지만 처한 상황은 좀체 나아지지 않고, 오히려 더 나빠져갔다. 감독판 결말이긴 하지만, 모든 원인이 자신이라 생각한 그는 태아로 돌아가서 세상에 나오지 않기로 한다. 너무 슬펐다. 그 어떤 결정도 모두를 행복하게 만들 수 없었기 때문이다.

나도 에반처럼 바꾸고 싶은 순간이 많았기에 '만약'이라는 전제로 상상의 날개를 펼쳐 허황된 망상에 잠기곤 했다. 참으로 부질없는 짓이었다. 도리어 그럴 시간에 좀 더 나은 미래를 위해 고민하는 편이 훨씬 유익했을 테다. 이제 와서 추측컨대 돌이킬 방법이 있다 한들 상황이 나아질 거라는 장담은 못한다.

어떤 선택이든 크기와는 상관없이
중요하게 인식하고,
그저 매 순간 최선을 다하는 수밖에 없다.

거창하지 않아도

♦

먼 훗날 내가 정말 잘되더라도, 어떤 방법으로 노력을 기울였는지 구구절절 말하고 싶지는 않다. 그 끝에는 뭐가 있는지도 모를 정도로 미친 듯이 살았다고 말해주고 싶다.

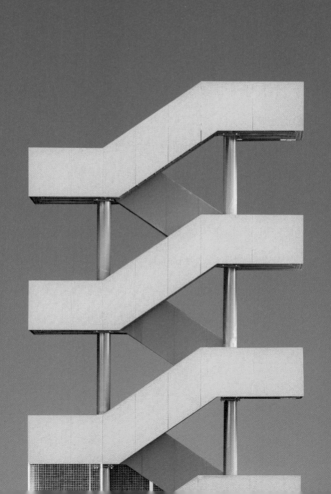

솔방울이 울거든

🌢

   사시사철 푸르른 빛을 가진 소나무는 일상에서 쉬이 마주할 수 있다. 대개 그냥 지나치지만, 나는 알게 모르게 훑어보는 습관이 있다. 숱한 세월의 흔적을 엿볼 수 있는 줄기나 가지보다 솔방울이 얼마나 맺혀 있는지를 확인한다.

   군 시절, 같은 부대에 백혈병 수술을 마치고 복귀하신 분이 있었다. 항상 삶에 대한 희망으로 가득 차 계셨는데, 이듬해 건강이 급격히 악화되어서 돌아가셨다. 안타까움에 한동안 가슴이 먹먹했다. 그때부터였다. 아침에 길을 걷다 그분이 무심결에 내게 해준 말이 이상하게 뇌리에 박혀 잊히지 않았다.

"소나무에 솔방울이 많이 맺히는 이유가 뭔지 아세요?"

"글쎄요."

"병들거나 죽음이 임박해오면, 자손 번식을 위해 더 많이 맺힌다고 해요."

눈물을 참는 법

언제 어디서든 슬픔의 감각이 엄습해온다. 들어오는 경로도 다양하다. 눈으로, 귀로, 무의식 속에서 기억을 스치기도 한다. 그렇지만 그때마다 매번 주저앉아 울고 있을 수만은 없는 노릇이다. 슬픔이 흘러넘쳐 도저히 눈물을 참을 수 없을 것 같을 때는 숨을 꾹 참는다. 마치 스톱 버튼처럼 신기하게도 넘쳐흐르려던 슬픔이 그 안에 갇혀버리는 기분이 든다.

나는 어머니라는 단어를 떠올릴 때마다 눈물이 차오른다. 어머니는 내가 몇 살인지 모르신다. 어디에 사는지도, 무슨 일을 하는지도 모른다. 그저 나의 얼굴을 알아보면 초점 없는 시선으로 맑게 웃으며 이름을 불러줄 뿐이다.

그럴 때마다 새롭게 세상이 무너지고, 한편으로는 원망스러운 마음이 들기도 했다. 의사는 마음의 병이 어머니의 몸을 조금씩 갉아먹고 있다고 말했다.

어린 시절에는 그 사실을 받아들이기가 힘들었다. 그래서 친구들과 있을 때 우연히라도 마주치면 외면했고, 누군가 어머니에 대해 물어보면 불편한 마음이 들고는 했다. 그런 나의 모습을 누군가 알아볼까 봐 사람들 속에 몸을 숨기고 움츠렸다. 어머니가 미운 것은 아니었지만 그 뒤에 따라올 동정 어린 눈빛들이 싫었다. 그런 날에는 어머니를 차마 바라볼 수가 없었다. 죄책감과 미안함에 방문을 걸어 잠갔다. 울지 말아야지, 울지 말아야지, 콧등을 어루만지며 코를 세게 눌렀다. 그런데도 눈물이 차올랐다. 참았던 숨을 토해내는 순간 참았던 눈물이 함께 흘러나왔다. 이불을 뒤집어쓰고 그렇게 한참을 울었다.

만약 지금의 내가 그 순간으로 돌아간다고 해도 지금의 나로서는 아무것도 하지 않을 테다. 두 팔을 벌려 가슴으로 안아준들 도저히 위로가 되지 않는 순간들도 있으니까. 누구나 그런 아픔들을 안고 살아간다. 매정하게 들릴 수도 있겠지만 그런 현실을 받아들인 뒤에야 다음을 살아갈 수 있다.

그럼 그런 시간들이 모여
지금의 내가 될 테니
그거면 된 거다.

바다 소리

철렁철렁 파도 소리는
지난날에 대한 그리움이
물밀듯 밀려오는 소리

살랑살랑 바람 소리는
쓸쓸하게 텅 빈 내 마음을
송두리째 흔드는 소리

삐걱삐걱 벤치 소리는
내뱉을 수 없는 슬픔을
대신해 울어주는 소리

숙명을 거스를 수 있는 힘

♦

공원 벤치에 앉아 개미 떼를 우두커니 지켜보았다. 일개
미들이 일사불란하게 먹이를 날랐다. 공연스레 저들이 무
슨 생각을 할지 궁금했다. 태어나자마자 맡은 역할은 각자
정해져 있고, 그저 임무를 다하다 사라질 뿐이다. 생의 의
미가 좀처럼 떠오르지 않았다.

가만 보면 우리의 일상도 별반 다르지 않다. 일어나서 씻
고, 밥을 먹고, 일하고, 잠을 자는 하루가 쳇바퀴처럼 연
이어 반복된다. 다른 생각을 할 겨를도 없이 주어진 일을
하느라 정신이 없다. 만약 도시의 일상을 높은 곳에서 내
려다볼 수 있다면, 그 모습은 마치 개미사회와 흡사할 테
다. 한데 그들과 달리 인간은 숙명을 거스를 수 있는 힘과

자아가 있다. 막연한 희망이나, 더 나은 삶에 대한 바람 같은 것들이다.

문득 정해진 순리에 불만을 품어보는 것도 나쁘지 않다는 생각이 든다. 목적도, 꿈도 없는 삶은 어떻게 보면 개미와 다를 바가 없어서다.

주어진 일에 최선을 다하되
끊임없이 사유하는 시간을 가져야 한다.

그런다고 없던 일이 되지는 않아

♦

흐리멍덩한 정신을 가다듬자 지우고 싶은 기억이 담긴 수많은 거울이 무한히 펼쳐져 있었다. 보고 싶지 않은 마음에 손에 쥔 권총으로 과녁을 겨냥하듯 하나하나 방아쇠를 당기기 시작했다.

탕탕,

울려 퍼지는 총성에 귀는 먹먹해졌고 조각난 유리 파편과 탄피는 바닥에 이리저리 나뒹굴었다. 얼마나 시간이 흘렀을까. 탄창에 총알이 다 떨어진 모양인지 쇳소리만 들려왔다. 더는 쏠 수 없게 된 것이다. 이내 절망감에 휩싸였다. 가시밭길이나 다름없는 이곳을 맨발로 걸어서 빠져나갈 수도, 지난날의 거울을 다 깰 수도 없어서였다. 다시금

혼미한 정신을 추슬렀다. 음침한 이곳은 현실이 아니라고
자각한 순간 악몽에서 깨어났다.

 식은땀 범벅이 된 나는
 으스스 몸을 떨고 있었다.

 그런 나에게 꿈속의 내가 말해주었다.
 있었던 일이 없던 일이 되지는 않아.
 진정 더 나은 미래를 원한다면
 아픈 과거를 안고 갈 수밖에 없어.

더는 나빠지지 않아

♦

사관후보생으로 3개월 정도 훈련을 받았었다. 매일 아침 기상 소리와 함께 일어나는 고단한 나날의 연속이었지만, 꼭 임관해야 한다는 일념 하나로 버텼다. 그러다가 뜻하지 않게 손을 다쳐 몇 주간 깁스를 한 채로 훈련에 참여하게 되었다. 엎친 데 덮친 격으로 비까지 내리는 날에는 쫄딱 젖어서 생활관에 돌아와야 했다. 그때 복도 천장 위에 붙어 있던 문구 하나가 내 마음을 울렸다.

비에 젖은 자는

비를 두려워하지 않는다.

나아가기 위해서는

♦

성인이 되기 전까지는 가정과 학교라는 담장이 워낙에 높은지라 벗어나기가 여간 어려운 일이 아니다. 행동반경 또한 그 안에서 다 이루어지다 보니 환경이 미치는 영향도 지대할 수밖에 없다. 당시에는 인지하기 힘들어도, 자신이 성장하는 동안 무의식 속에 시나브로 스며들기 때문이다. 더군다나 여건마저 좋지 않다면, 자책할 수밖에 없을 테다.

왜 이렇게 늘 우울할까.
왜 이렇게 늘 불안할까.
왜 이렇게 늘 이 모양일까.

비관의 심연에서 샘솟는 의구심은 나를 무력하게 만들어 자괴감에 빠지게 했다. 급기야 떨어질 대로 떨어진 자존감은 회복 불능 상태가 되었다. 현실이라는 지하에 갇힌 채로, 목전이 어두워 아무것도 보이지 않는다고 탓하기 바빴다. 어째서 여기에 있는지 이해하고 자각하는 과정이 없었다. 그래야만 흑막을 거둘 수 있는 불을 밝히고 밖으로 나갈 수 있는데 말이다.

진정으로 내가 원하는 삶을 살기 위해서는
의지를 다져 둘러싼 속박을 풀어헤치고
나아가야 한다.

흘러가는 삶

♦

환경을 탓해본들
세상을 원망해본들
그게 무슨 소용이 있을까

이제는 괜찮다고 말한들
아직도 힘들다고 말한들
그게 무슨 의미가 있을까

이제는 안다
행복해지려 애써본들
짙은 우울을 감춰본들
크게 달라지는 것이 없음을

그저 내 마음이 향하는 곳으로

흐르는 강물처럼 살련다

무한경쟁

◆

자주 가던 반찬 가게가 폐업했다. 얼마 전 작은 횡단보도
를 하나 끼고 근처에 더 큰 반찬 가게가 오픈한 게 타격이
컸던 모양이었다. 다른 사람들은 몰라도 내 입맛에는 딱
맞았는데, 이제는 먹을 수 없다고 생각하니 너무 아쉬웠
다.

무엇보다 가게 사장님은 어떤 마음이었을까? 나도 운영
하던 가게를 폐업한 적이 있어서 누구보다 그 마음을 잘
안다. 처음에는 온라인 쇼핑몰로 시작했는데 운이 좋아 매
월 성장을 거듭했고, 매장 두 곳과 사무실까지 내가며 많
은 일을 벌였다. 주말도 없이 일에 미쳐서 살던 2년차에
매출은 정점을 찍었다. 언뜻 보기에는 제법 성공한 것처럼

보였지만, 그때부터 서서히 어두운 그림자가 드리웠다. 좋아할 수 있을 거라 확신을 가지고 시작한 일의 실상이 예상과 너무도 달라 심적으로 힘들었고 경쟁도 치열했다. 한 번은 수입해온 상품이 대박이 났는데, 며칠 지나지 않아 다른 사이트에서도 똑같은 상품을 더 낮은 가격에 판매하기 시작했다. 매장 사정도 별반 다르지 않았다. 잘되기 시작하니 300미터도 안 되는 곳에 더 큰 가게가 생겨버렸다. 어찌나 허탈하던지 지나가며 그 가게를 볼 때마다 힘이 빠졌다.

그렇게 시간이 흘러 함께 일하던 직원들을 하나둘 떠나보내고, 하나 남은 매장도 더 이상 관여하지 않고 손을 뗐다. 세상을 너무 만만하게 본 것에 대한 대가인가, 지난 5년간 무엇을 하고 살아왔던 건가 하는 깊은 회의감과 함께 몸도 마음도 피폐해졌다.

그럼에도 불구하고 살아가기 위해 지금도 꾸준히 경제활동을 하고 있다. 얼마 전 친구가 만일 그때로 돌아가면,

그 일을 다시 시작할 거냐고 물었다. 나는 단호하게 하지
않을 거라고 짧게 답했다.

무엇보다 내가 좋아서
할 수 있는 일이 아니었기 때문이다.

지금 느끼는 고통의 의미

♦

갓 스무 살이 되었을 즈음 어머니의 증세는 일상생활을 하기 힘들 정도로 심해졌다. 그리하여 아버지와 친척들이 모여 상의한 결과, 나아지길 바라는 마음으로 병원에 입원시키기로 결정했다. 차마 그 순간을 직접 마주할 자신이 없어서 그날은 일부러 집에 있지 않았다.

그즈음 많은 사람들이 내게 격려한답시고 건넨 말들이 있었다.

"나약해지면 안 돼."
"너라도 단단히 정신 차려야 해."
"견디다 보면 좋은 날이 올 거야."

그때마다 나는 "네 그럴게요. 저라도 힘을 내야죠."라고
말했다. 그러나 내가 하고 싶은 말은 따로 있었다.

"제발, 부탁이니 아무 말도 안 했으면 좋겠어요."

병원에 입원한 어머니를 만나고 돌아가는 버스 안. 생각
보다 어머니는 덤덤해 보였다. 어머니는 한참을 말했고,
나는 조용히 들었다. 한참 동안 넋이 나간 채로 멍하게 차
창 너머 스쳐 지나가는 풍경을 바라보았다. 그러다가 나만
한 아들과 그의 어머니가 나란히 앉아 정답게 이야기하는
소리가 들려왔다. 참 별거 아닌 일상적인 대화였는데, 혼
자 두고 온 어머니가 생각나서 갑자기 슬퍼졌다. 애써 음
악을 틀고 볼륨을 높여 이어폰을 귀에 꽂았다. 때론 누군
가의 평범한 일상이 누군가에게는 슬픔이 될 수도 있다는
사실을 그때 처음 알았다.

또 다른 내일을 살아가기 위해
우울이라는 녀석에게 잠식당하지 않기 위해
어떻게든 생각의 주파수를 바꿔야만 했다.

산다는 것은 고통의 연속이고, 살아남는 것은 그 고통 속에서 어떤 의미를 찾는 일이라고 니체는 말했다. 태어나는 순간부터 '평등'이라는 말은 우리를 핍박하지만, 주어진 조건이나 상황은 천차만별이다. 열악한 환경일수록 무너지기는 더 쉬우며, 결코 세상은 평등하지 않다. 비록 그렇다 하더라도 너무 신경 쓰지 않는 편이 좋다. 돌이켜보면 무언가를 탓하고, 노여움으로 가득했던 시간은 나를 더욱더 갉아먹었을 뿐이었다.

어쩌면 삶이란
행복해지기 위한 것이 아니라
그 의미를 찾기 위해
부단히 노력하는 게 아닐까 싶다.

실재하는 우리

◆

(1)

기상과 동시에 습관처럼 잠자리에서 기지개를 쭉쭉 켠
다. 일종의 하루를 여는 의식이다. 누군가에게 들은 적이
있다. 찌뿌듯한 몸을 푸는 일은 교감신경과 연관되어 있어
본능이라 했다. 하기는 이때 내가 살아 있음을 가장 강렬
하게 느낀다.

일과를 시작하기 전에는 그날 SNS에 올릴 자료를 만든
다. 하루도 빠짐없이 꾸준히 한 지 2년째이다. 처음에는
주위에서 비아냥거리는 이들도 많았지만, 내 감정의 기록
을 누군가에게 공유한다는 자체에 의미가 있어 크게 괘
념치 않았다. 비록 일면식도 없는 타인일지라도 게시물

하나하나가 우리를 이어주는 매개가 된다. 때론 그 일이 무의미해질 수 있는 내 삶이, 유의미해진 것 같은 기분을 들게 해준다.

오늘도 SNS에는 이름 모를 이들의 사진과 영상들이 수두룩하다. 세계 구석구석을 누비는 사람, 맛깔스러운 음식을 만들거나 먹는 사람, 개성적인 옷차림으로 멋을 내는 사람, 가족과의 추억을 만들어가는 사람 등등, 저마다 자신만의 이야기를 만들어 나간다. 물론 나도 그중에 하나일 테다. 별것 아닌 것처럼 보여도, 그건 우리가 실재하는 흔적이 아닐까 싶다.

(2)

세상이 정해놓은 순리에 맞춰 잘 살다가도 깊은 상념에 잠기곤 한다. 삶은 무無에서 유有가 되어, 다시 무無가 되는 덧없는 과정 같기도 하고, 이 광활한 우주 속에서 '나'는 한낱 먼지일지도 모른다는 답 없는 고민 같은 것들이다. 그리하여 그 답을 찾아보고 싶어 내가 감히 넘볼 수 없는 사색의 시간을 보낸 철학자들의 책을 곱씹는다. 처음에는 난해하여 잘 이해가 되지 않지만, 신기하게도 언젠가부터 조금씩은 읽힌다.

"나는 생각한다, 고로 존재한다Cogito, ergo sum."

데카르트의 말이다. 학창시절에는 누구나 아는 당연한 이야기로 여겨 쉽게 생각했었다. 한데 시간이 흐를수록 얼마나 대단한 말인지를 마음 깊이 느낀다. 비록 두 문장에 지나지 않으나, 진정한 심연은 그의 책을 읽어도 깨달을 수 있는 것이 아니었다.

도대체 '존재'란 무엇인가. 본질에 가까운 것일까. 실존에 가까운 것일까. 한때 실존철학자 하이데거의 책 『존재와 시간』에서 '현존재'라는 개념에 신선한 충격을 받아 여러 번 정독했다. 그러나 끝내 이 내용이 정답인지 아닌지는 알 수 없었다.

어쩌면 우리의 인생은 애초부터 답이 없다는 것을 알면서도, 답을 찾으러 가는 여정일지도 모른다. 백날 고민해 봐도, 경험적 근거로 도출한 견해도 결국 완벽하지 않다. 그러니 '존재'에 관한 물음에 대한 답은 각자 믿고 싶은 대로 믿으면서 살면 된다.

다만 한 가지 의심하고 싶지 않은 것이 있다면, 그건 지금 실재하는 우리의 존재다. 머나먼 훗날 모두 화석처럼 변해 어딘가에 매몰되어 버릴지도 모르지만, 잊지는 말자.

우리는 같은 시간을 함께했음을.

(3)

   그렇다면 진정한 '나'는 무엇일까. 타인에게 비치는 사회적인 모습인 나일까. 아니면 그 누구도 없는 텅 빈 방에 홀로 남겨진 모습인 나일까. 생각보다 '나'라는 사람을 정의하기란 너무 어렵다. 잘 알고 있다고 믿지만, 착각하고 있을지도 모른다.

내가 생각하는 '나'라는 사람은
내면에 있는 자신을 만날 수 있는 존재이다.

지금 이 글을 쓰고 있는 나

그리고 이 글을 읽고 있는 당신

이 순간이 진정한 나와 당신

그리고 우리가 아닐까 싶다.

누구에게나 아픔은 있다

♦

현대에 들어서는 정신병도 세분되어 종류가 다양하다. 정신분열, 강박증, 우울증, 알코올 중독, 조울증, 불면증 등 일일이 열거하면 끝을 알 수 없을 정도다. 솔직히 말해서 요즈음 세상을 살아가는 이들이라면 위와 같은 병 하나쯤은 누구나 가지고 있기 마련이다.

결국 다 매한가지다. 조금 덜 이상한 사람이, 좀 더 많이 이상한 사람을 미친 사람이라 생각하는 것뿐이다. 나쁘든 좋든 우리는 모두 미쳐 있다.

매일 음악이 흘러나오는 삶

🌢

  지그시 두 눈을 감고 귀를 쫑긋 열어 주변의 소리에 집중해보면 언제 어디서든 백색소음이 들려온다. 거기다 인지하게 되는 순간부터는 이상하게 신경이 더 거슬려 정적이 흐르는 일을 피하고만 싶다. 그래서 집에서도, 카페에서도, 자동차에도 줄곧 음악을 튼다. 휑뎅그렁한 공간과 마음을 메워주는 이 기분이 나쁘지 않다.

  어떻게 보면 삭막해질 수도 있는 내 하루에
  매일 음악이 흐르는 셈이니까.

감정의 온도

♦

어떤 독자 분께서 진심이 담긴 장문으로 감사의 메시지를 보내주셨다. 처음에는 마음의 병을 극복하기 위해 독서를 시작했지만, 대부분 삶에 대한 의욕을 북돋아주는 밝은 이야기가 담겨 있어 별로 와닿지 않았다고 한다. 도리어 다소 현실적인 나의 글을 접하고서야 비소로 마음이 편해졌다고 했다. 분에 넘치는 과찬이고, 정말 고마운 말이었다. 그리고 고뇌에 빠져 끼적인 상념의 기록들이 누군가에게 도움이 되었다는 사실이 나에게도 큰 위안을 주었다. 다행히 지금 행하고 있는 일들이 헛되지는 않은 것만 같았다.

그분이 공감할 수 있었던 이유는 서로 감정의 온도가

비슷했기 때문일 테다. 한때 나도 행복해지고 싶어서 그런 책을 많이 읽었다. 매번 마지막 장을 덮는 순간에는 다시금 그 희원을 되새길 수 있어 좋았지만, 며칠을 넘기지 못했다. 무의식에 잠재된 '우울'이라는 거대한 괴물이 어떤 기운이든 닥치는 대로 다 집어삼켰기 때문이다. 급기야 그런 일들이 뜬구름 잡는 것만 같아 거부감까지 들었다. 차라리 애쓰지 않아도 된다고 누군가가 말해줬으면 좋겠다는 생각까지 들었다.

어쩌면 그게 내가 이렇게 에세이를 계속 쓰는 이유일지도 모르겠다. 모두가 공감하지는 못할지언정, 절망 속에서 닿을 수 없는 빛을 향해 노력하는 이들에게, 저 위가 아닌 여기도 나름 괜찮다고 말해주고 싶다. 해도 안 되는 일들에 얽매이는 것보다, 되레 현실을 인정하는 편이 마음이 한결 가벼워지니.

에필로그

 간혹 필명의 뜻을 궁금해하는 분들이 계신다. 세 글자밖에 안 되는데도 꽤 신중을 기했다. 부모님이 지어주신 이름이 아니라, 오롯이 나의 의지로 정했기에 더 그랬던 것 같다. 표면적으로는 '상처받은 자아'와 '치유하는 자아'가 내면에서 벌이는 이중주이지만, 좀 더 깊은 의미가 있다.

 프로이트는 우리의 정신이 원초아id, 자아ego, 초자아 superego로 구성된다고 했다. 원초아는 본디 지니고 태어나는 충동이라면, 초자아는 사회나 도덕적 학습으로 습득하여 내면화된 것이다. 여기서 자아는 원초아와 초자아 사이에서 중재하는 역할을 담당한다. 의식의 통일체이자 행위의 주체인 셈이다.

하지만 선천적인 원초아보다 자아와 초자아가 우리를 더
사람답게 만드니 중요하다는 생각이 들었다.

그때 '투에고twoego'라는 이름이

뇌리를 스쳤다.

나는 어른이 되어서도 가끔 울었다

개정판 1쇄 인쇄 : 2025년 4월 30일
개정판 1쇄 발행 : 2025년 5월 11일

저 자 : 투에고
편 집 : 정남주
디자인 : 이혜민
펴낸곳 : 로즈북스
출판사등록 : 2022년 7월 14일 제2022-000022호
주 소 : 부산광역시 해운대구 해운대해변로357번길 5-1 상가동 205호
전 화 : 070-8064-1135
팩 스 : 070-7966-0793
이메일 : rosebooks7@nate.com
ISBN : 979-11-979663-9-2 (03810)